캠퍼스 러브 스토리

캠퍼스 러브 스토리

초판인쇄	2023년 3월 15일
초판발행	2023년 3월 20일
지은이	김성은
발행인	조현수 조용재
펴낸곳	도서출판 프로방스
기획	조용재
마케팅	최관호 최문섭
편집	김효진
디자인	토 닥
주소	경기도 고양시 일산동구 백석2동 1301-2 넥스빌오피스텔 704호
전화	031-925-5366~7
팩스	031-925-5368
이메일	provence70@naver.com
등록번호	제2016-000126호
등록	2016년 06월 23일

정가 16,000원
ISBN 979-11-6480-307-1 03810

캠퍼스 러브 스토리

김성은 지음

프로방스

온몸에 가시가 돋친 고슴도치처럼 상대에게 거친 말을 하고,
또 남들에게 상처를 입어 멍이 든 채
하루를 견디는 시절이 있었습니다.

할 줄 아는 것은 하나도 없고, 늘 배가 고팠으며,
마음대로 잘 안되는 시절이었지요.

그러나 그런 서투름에
긴 하루를 보내며 '뭐 하지?' 고민하던 그 시절이
우리 생애 중 가장 아름다운 시절이 아닐까 합니다.

인생의 첫사랑처럼
그 시절이 자주 생각납니다.

그때의 추억이 지금의 무료함을 견디게 합니다.

남들에게 자랑할 정도로 대단하진 않지만,

꽤 소중한 무엇이네요.

모든 순간이 빛나던

시간을 나와 함께해 준 그 사람에게도

얼마간은 좋은 시절이었다고

문득 생각이 나면 좋겠습니다.

이 글을 읽는 독자들도

그랬으면 좋겠습니다.

차례

2부

떨어지지 않는 포스트잇

3부

연애 스테이션(station)

4부

너는 이 글을 읽지 않겠지

5부

또 안부를 물어봅니다

1부

잘 지내고 있나요?

혼자 사는데

왜 이렇게 쓰레기가 자주 나올까요.

인생 잘 못 살고 있는 걸까요.

잘 지내고 있나요?

일주일 내내 비, 또 비
장맛비를 보며
다른 지붕 아래에서 비를 보고 있을
그녀를 떠 올린다.

잘 지내고 있나요?

백 퍼센트 그녀가 있다? 없다?

스무 살이 되면 무조건 연애를 해봐야겠다는 생각이 들었다. 나도 뭔가 할 수 있을 것 같은 예감이 들었다. 소설 속에 나오는 주인공처럼 멋진 사랑을 할 가능성은 없겠지만, 뭐 상관없었다. 난 그네들만큼 드라마틱한 삶을 살아온 것도 아니고, 솔직히 외모도 딸리니깐. 인정! 밖은 이미 긴 어둠이 내려서 운동장의 축구 골대도 잘 보이지 않았다. 조금만 더, 조금만 더 스스로를 타이르면서 야간 자율학습 시간에 무심한 교실 벽시계를 힐끔거렸다. 그렇게 스무 살을 꼬박 기다렸다. 시간은 야속하게도 느리게 흘러갔다.

그런데 솔직히 연애를 한다면, 대체 뭘 어떻게 시작해야 되는지 가늠조차 할 수 없었다. 그때까지 제대로 연애를 해본 경험이 없었다. 연애 상담을 해줄 사람도 없었고, 내 주변에는 나와 비슷한, 연애와는 전혀 관계없는 촌스러운 인간들만 가득했다.

코를 파면서 무협지를 넘기는 찐따1, 2D 애니메이션 캐릭터와 사랑에 빠진 찐따2, 김현정의 〈그녀와의 이별〉을 원키로 부른다고 자랑하는 찐따3(남자다.), 소시지를 못 먹는 찐따4, 그리고 찐따5 = 나. 그래도 혹시 어쩌면 지구상에 나와 비슷한 고민을 하는, 나와 대화가 통하는 이성이 있지 않을까 하는 희망은 늘 가지고 있었다.

스무 살이 되었다. 난방 단추를 목까지 잠그고 윗옷을 바지 안에 고이 잘 넣어두었다. 전공서적으로 꽉 찬 백 팩을 메고, 강의실을 왔다갔다하면서 주변을 살폈다. 강렬하고 풍성한 내 머릿속에 숨겨 둔 이야기들을, 매일 같이 소용돌이치는 이 감당하기 힘든 이 멋진 이야기들을 누구에게도 정확히 전달하지는 못하지만, 그러니깐 저기 어딘가에는 내 말뜻을 정말 백 퍼센트 이해해 주는, 백 퍼센트의 완벽한 누군가가 있을 것이라는 확신이 있었다.

남들에게는 지극히 예사로운 이야기에 불과해서 '뭐야, 시시해.'라고 손가락질하더라도 그 이야기에 새로운 의미나 울림을 부여해 주는 천사 같은 백 퍼센트의 그녀가 있을 것이라 생각하고 또 했다.

첫사랑

그리워서
거리를 둔다.
거리를 두면
오염되지 않고 바라볼 수
있기에

앞으로 살아갈 날들
그녀가 자주 눈에 밟히더라도
내 안에서만 방황하기를
부디
내 안에서만 내가
방황하기를

이미 알고 있다.
아주 쉽게 부서질 수 있다는 것
그래서 책임감이 필요하다.

거리를 두면서

나를 믿지 않는

책임감

무겁고 긴 밤이 또 옵니다

한때 그렇게 투명하던
우리의 이야기들.
나만 생각한다고
무게를 견딜 만큼 단단하지 못하여
제대로 보지 못했다.
그때는

시릴 만큼 빛나게 아름답던
그 시절의 너에게
이미 풍경의 일부로 남아
늘 있는 사람처럼
그 익숙한 풍경이
이제 더는 내 것이 아니어서
아프다.

모든 것이 고요해지는

스스로를 바라보는 시간

너와 함께했던 그때의 마음이

다가온다.

시간이 훌쩍 지난 이 공간에

익숙했던 풍경과

그토록 무겁고 긴 밤

20리터 쓰레기봉투

혼자 사는 자취방에 쓰레기봉투가 굳이 클 필요는 없죠.

기쁨, 즐거움, 행복, 추억

분리가 가능한 것들은 다른 곳에 잘 분리해 놓았고요.

그 외 재활용 안 되는 감정들은

설명하기도 힘들고

남에게 이야기하면 폐 끼칠 것들은

쓰레기봉투에 담아 밖에 두었습니다.

봉투가 생길 때마다 바로 채워지는 것을 보니깐

신기하네요.

50리터로 바꿔볼까 고민도 해봅니다.

혼자 사는데

왜 이렇게 쓰레기가 자주 나올까요.

인생 잘 못 살고 있는 걸까요.

그녀는 평범해졌다

그녀는 예뻤다. 초등학교 6학년 때 그녀를 처음 봤다. 머리는 단발로 찰랑거리고, 먹물을 머금은 듯 까맣고 윤기가 있었다. 눈은 반짝거렸고, 입술은 부드럽고 작았다. 잠시도 가만히 있지 못하는 초등학교 아이들 속에서 시선을 잠시 잡아두게 하는 그녀의 모습은 지금 생각해도 '신선하다.'로밖에 표현할 수 없는 묘한 아우라가 있었다. 그것은 분명 노력해서 체득할 수 없는 것이었다.

스무 살 때 그녀를 다시 봤다. 우연히 연락이 되었다. 아니, '우연히'가 아니다. 난 늘 그녀를 염두에 두고 있었으며, 소식을 궁금해 했으니깐.

그녀는 여전히 예쁘고 화려했다. 그 또래의 여성들보다 훨씬 돋보였다. 그러나 예전에 일상성을 접어두는 신선함은 더 이상 없었다. 말투는 세련되어졌지만 깊이가 없었고, 앎은 약했으며, 눈빛은 흐렸다. 깨질 것 같은 섬세함은, 그동안 자기방어의 견고함 때문일까, 냉소적으로 변해 있었다.

그녀의 가장 화려했고, 신비로운 시기가 지나간 것이다. 그녀는 스무 살의 지금이 가장 아름답다고 생각하는 듯 보였다. 그러나 그녀의 가장 아름다운 시절은 초등학교 6학년이었으며, 깨어질 듯한 아름다움은 'Indian summer'처럼 짧게 지속되다가 흔적 없이 사라졌다.

우리는 함께 영화를 보고, 찻집에서 간단한 차를 마시고 헤어졌다. 내 속에는 안타까운 감정들이 껍질처럼 남아서 집으로 버스를 타고 오는 내내 기분이 좋지 못했다. 아름다움은 순간이며, 그 순간은 사람마다 다르다는 것. 그리고 그 순간을 우리는 알지 못한다는 것. 시간이 흐르고 나면 깨닫고, 늘 안타까움이 남는 것.

그녀는 현재 남자친구가 있고, 훌륭하게 사귀고 있다.

그렇게

그녀는 평범해졌다.

그녀는 나를 궁금해했다

대학생이 되고 난 뒤,
그 누구도 내가 어떤 하루를 보내는지, 기분은 어떤지,
내가 좋아하는 것을 묻지 않았다.

주변 사람들은 나의 학교와
토익점수, 학점을 물어보고,
앞으로 어떤 직장에, 어디서 살 것인지 물어봤다.

지치고 겁나기도 하고,
무언가 잘못된 것은 아닌지
스스로를 보호하면서
점점 한숨이 늘어갔다.
마음은 초조해졌다.
그리고 그녀를 만났다.

그녀는 나의 하루를 궁금해하고,

기분을 물어보고,
좋아하는 것이 무엇인지 물어봤다.
그녀 덕분에 입을 열게 되었다.

내가 보지 못했던 나의 모습을
예쁘게 봐주고,
지금껏 잘살아왔다고.
부족한 것보다
가진 장점이 훨씬 많다고
인정해 줬다.

아무것도 필요 없었다.
그녀와 이야기할 수만 있다면,
좀 더 함께 있을 수 있다면,
세상은 의미를 가진 공간이 되었다.
정말 그녀만 있으면,
난 아무것도 원하는 것이 없었다.

왜 좋아졌는지 묻는다면

빨대 끝을 잘근잘근 씹고 있다. 무표정한 얼굴에, 그러나 특유의 자신감을 잃지 않는다. 지하철 안의 인파들 사이에서 비스듬히 문 옆에 기대어서 시선을 아래쪽으로 향하고 있다. 속 눈썹이 유난히 길다. 하얀 볼 옆의 까만 귀밑머리… 바람이 불면 귀 옆으로 수줍게 흩날리겠지. 지하철 안은 그러나 바람이 불지 않는다. 시속 80킬로의 속도는 열차 내의 사람들에게 전해지지 않는다. 신문을 보는 사람, 휴대폰을 확인하는 사람, 태블릿으로 드라마를 보는 사람, 모르긴 해도 그들 각자의 머릿속에는 시속 80킬로 이상의 속도로 여러 단상들이 쉼 없이 움직이고 있겠지.

그녀는 무슨 생각을 하고 있을까? 수많은 인파 속에서, 더운 여름의 땀 냄새가 적잖이 녹아 있는 지하철에 그녀의 공간만 유달리 비어 보인다. 그녀는 웃음이 많은 편이 아니다. 하얀 얼굴에 그 흔한 눈 밑의 주름도 잡히지 않는다. 그래서 나이보다 훨씬 어려 보이는지도 모르겠다. 체구는 작고 아담하다. 그녀는 만화 캐릭터가 프린트된 옷이 잘 어울린다. 난 짱구 캐릭터가 인상에 많이 남았다. 그녀의 표정과 체구, 가슴 쪽에 프린트된 개구쟁이 만화 캐릭터는 즐거운 균형을 만들었다.

"그럼 다음에 뵐게요."

난 꾸벅 머리를 숙이며 인사를 했다. 그녀도 어색하게 머리를 숙인다. 몇 올의 머리카락이 얼굴 앞으로 흐른다. 지하철 문이 닫히고, 급하게 올라탄 사람들 틈으로 그녀의 모습이 점점 사라진다. 발걸음을 멈추고 난 고개를 돌렸다. 큰 신음 소리를 내면서 다시 지하철이 출발한다. 정지된 화상처럼 창문 너머로 그녀의 모습을 확인했다. 그녀는 급하게 고개를 숙이고 핸드폰을 보는척 한다. 열차가 출발하고 내 시선은 앞으로 흐르는 그녀의 모습을 쫓는다. 눈 앞으로 그녀의 모습이 잔상으로 남는다.

지하철 밖으로 나와서 천천히 다시 발걸음을 옮긴다. 감은 눈으로 몇몇의 여인들과 그녀의 얼굴이 오버랩된다.

'그래, 그 사람을 닮았어.'

자정이 가까워 오는 시간, 무거운 발걸음에 지친 사람들 틈에서 나는 웃고 있다. 덕분에 오늘 하루는 꽤 즐거웠다. 그녀가 좋아지기 시작했다.

five o'clock shadow

오후 5시. 턱 밑에 수염이 거뭇거뭇하다.

아침에 지하철을 타고 힘들게 직장에 도착해서 정신을 잃은 듯 일을 했다. 중간중간에 커피도 마시고 점심도 먹었지만, '근데 나 뭐 했지?' 기억이 나지 않는다. 커피는 또 몇 잔이나 마셨지?

넥타이를 풀고 턱수염을 만져본다. 오후 5시, 턱수염이 거뭇거뭇하다. '아, 이제 곧 집에 갈 시간인데, 나 오늘 뭐 했지? 내일은 뭐 하지? 계속 이렇게 살아야 하나?' 버스를 타고 집으로 간다.

차창에 비친 내 모습이 보인다. 그래, 또 기억이 났다. 한동안 너무 잊고 있었네, 너를.

가슴 풋풋하게,
마음 놓고 숨 쉬는 듯,
대학교 시절에 빛나는 너와 함께했던,
긴 오후의 기억이
이 시간을 견디게 한다.

이기적인 거 인정

내가 사랑하는 사람이

날 사랑해 줬으면 좋겠다.

내가 사랑하는 사람과 결혼해서

날 사랑해 주는 사람이 행복했으면 좋겠다.

내가 사랑하는 사람이 행복해서

난 더 행복했으면 좋겠다.

자취방

부엌에서 보글보글 찌개를 준비했다. 따끈한 김이 실내에 고이고, 여자 친구는 음악을 들으면서 책을 읽었다. 하늘은 파랗고, 가끔 환기를 하려고 유리창을 열었다. 따뜻한 봄바람이 부드럽게 작은 방 안을 돌아다녔다. 같이 텔레비젼을 보면서 배부르게 찌개를 먹었다. 그렇게 평범한 즐거움이었다.

별로 대단한 방은 아니었지만, 마냥 여기에서 그녀와 있고 싶었다. 서로에게 편안히 있고 싶은 거기 밖에는 쉴 곳이 없는, 그런 느낌도 들곤 했다. 이 곳에서 그녀와 깊은 대화를 나눌 수 있었다. 그녀와의 대화는 뭐랄까, 오래 지낸 가족은 아니지만 학창시절을 주욱 함께 한 것 처럼 죽이 잘 맞아 오래오래 얘기할 수 있었다. 말없이 앉아 있어도 어색하지 않았다.

내게는 돌아갈 곳이 있었다. 이 좁은 방 말고도 돌아갈 곳이 있었다.

그녀에게도 돌아갈 곳이 있었다. 이 좁은 방 말고도 돌아갈 곳이 있었다.

그렇지만 우리는 좁은 공간에서 오래 붙어 있었다.

돌아갈 집이 있고,

각자 가족이 있어도

다시 외로움을 느끼고

서로를 찾는 것

돌이켜 보면 그것이 젊음이 아닌가 싶다.

150번째 정신 승리

집에 들어가기가 싫다. 졸업하고 주변 친구들이 하나둘 취업을 했다. 부모님 집에 빌붙어 있는 내가 못 견디게 싫다. 공간을 부유하는 이런 느낌. 멍청하고 지루하고, 불만만 계속 쌓인다. 도서관에 갔다가 조용히 집 안으로 들어와서 방문을 닫는다. 이미 거실의 모든 불이 꺼져있고, 낮에는 못마땅한 시선으로 나를 쳐다보던 가족들의 고요한 숨소리가 들린다. 창문을 열었다. 새벽 3시 반. 낮은 언덕 너머에 점멸 신호등이 보인다. 깜빡, 깜빡. 누가 보지 않아도 조용히 자기 일을 수행하고 있다. 아침이면 거리는 점점 긴박해지고, 버스는 먹잇감을 쫓는 곰처럼 큰 소리를 내면서 움직이겠지. 뛰어가는 학생들, 구두 소리 요란한 정장을 입은 남녀 직장인들. 직장을 가늠할 수 없는 것은 머리를 늘어뜨린 피곤한 얼굴의 아줌마, 승객을 기다리는 초췌한 얼굴의 택시 기사들. 아줌마보다, 택시 아저씨보다 20년 이상 젊은 나는 어디로 가야 할지 모르고, 방문을 굳게 걸어 잠근 채 숨죽이며 웅크리고 있다. 내일은 오후 늦게 일어나 또 땅속 깊숙이 들어가서 '내일은 눈을 뜨고 싶지 않아.' 되뇌겠지.

찢어지게 하품하면서 눈은 초점을 잃고, 마음은 조급한데 몸은 하염없이 처져서 움직여지질 않는다. 무력감. 컴퓨터 하드 드라이브에는 그동안 숱하게 작성한 자기소개서가 수북하다. '지원동기', '성격의 장단점', '입사 후 포부' 같은 거지 같은 말을 하염없이 수정, 또 수정하고 있다. 이제 150개째.

그래, 살면서 그동안 어디 내 마음대로 결정한 것이 하나라도 있던가. 내가 태어난 것이 나의 의지인가. 복잡한 출생의 비밀을 뒤로하고 차라리 안 태어났으면, 어쩔 수 없이 태어났다면, 지금 사라질 수 있다면, 아무도 모르게 존재 자체를 숨길 수 있다면, 두 번 고민 없이 그것을 선택할 텐데.

머리가 아파 부엌에 가서 냉수를 한잔 들이켰다. 그래, 제일 쉬운 것이 부정일 것이다. 돌이켜 보면 '아니'라고 하는 것이 '네'라는 대답보다 백배는 더 쉬웠다. 인생을 긍정하는 것이 훨씬 어려웠다. 힘들다고, 더 이상 할 수 없다고, 내 탓이 아니라고 변명할 거리는 하루에도 수백 가지나 된다. 그러나 모든 것을 부정해도, 현재 내가 살아 있다는 것은 부정할 수가 없다. 지금 쓰고 있는 150번째 이력서가 또 서류전형에서 떨어져도, 이런 찌질한 내가 나로서 살아 있다는 것은 부정할 수가 없을 것이다.

1차 서류 탈락이라는 불쌍한 꼬락서니의 읽을 만한 스토리 하나 없는 나라고 하더라도, 나는 그래도 온전히 '나'이다. 내가 겪고 있는 이야기는 누구도 겪을 수 없는 온전한 나의 이야기이다. 내가 인정하는 나만의 도장이 마음속에 새겨져 있다. 내 마음속 깊은, 대체 불가능한 나만의 지문을 하늘에 계시는 그분은 이해해 주신다.

오늘도 모니터 앞에서 정신 승리하며, 남은 자기소개서의 항목에 키보드를 두드린다. 뭔가 있어 보이도록 구질구질, 예쁘게 보이도록 포장하면서.

백수는 웨이트를 하면 안 돼

백수가 헬스장을 가면 안 된다고 하더라.

웨이트를 하고 헬스장을 나오면
찐득한 육수를 닦아내면서
하루를 열심히 산 느낌이 든다고.
스스로를 대견하게 여긴다고

때 묻은 가게들이 그리워

어린 시절의 가게가 그립다. 더럽기도 하고, 불편하고, 갑작스러운 가게주인의 안부가 불편했던 가게들, 뒤죽박죽 아무 때나 정리된 물건들…… 그러나 그런 불편한 안부가, 아무 때나 정리된 물건들의 설명할 수 없는 어떤 여유가 동네에 함께 살고 있다는, 보호받는 느낌을 주었다.

요즘 어딜 가나 모든 것이 깔끔하게 정리되어 있고 화려하다. 그래서 어딜 들어가도 옷매무새를 만지며 긴장하게 된다. 대형 센터가 많이 생기는 요즘에도 헌책방이 사라지지 않는 이유는 정리되지 않는 물건들, 뒤죽박죽 놓인 그런 자유로움, 골목길 같은 좁은 통로, 그곳에서만 경험하는 그런 답답함을 원하는 사람이 여전히 있기 때문이 아닐까.

동네 문방구에서 주인아저씨가 골라주는 물건을 사고, 가격표 없는 물건을 들고 “아줌마 그런데 이거 얼마예요?” 물어보던 곳. 카드가 아닌 지폐와 동전을 꺼내어 적당히 가격을 흥정하는 그런 경험을 일부러 찾기도 한다. 10년, 20년 뒤에도 이런 가게가 사라지지 않고 있었으면……. 나의 아이가 가게 주인아저씨와 이런 류의 관계를 맺는 것을 경험할 수 있었으면 좋겠다. 가끔은 때를 쓰면서 엄청 싸게 물건을 구매할 수도 있겠지만, 그 주인아저씨와 내일도 봐야 되고, 모레도 봐야 되는 곳. 누구도 크게 손해 보지도 않고, 이득을 보지도 않는 관계, 조금은 풀어진 편이 행복한 관계. 하지만 서로에게 신의를 가지고 있는, 그런 사람들이 일하는 가게들.

우리는 어떤 경우에서라도 사람을 상대로 일을 하고, 수량화 할 수 없는 사람의 친절에 의지하기 때문이다.

키오스크는 한계가 분명 있잖아요.

마주보기

아무리 노력해도
언어 사이에 전해질 수 없는
내 속에 있는 그 틈을
네가 알아준다면
정말 가벼워질 텐데.

속에 있는 것들
하나 버림 없이 네게 보여줄 수 있다면
조금 더 너와 가까워질 것 같아.

그리고 네 마음
하나 버림 없이
작은 울림까지
언어로 표현해 준다면
그동안 늘 궁금했던 것들
소중한 약속처럼 아껴둬야지.

눈을 보면

표현의 한계를 알게 되네.

네 눈을 보고 있으면

가끔

전부를 알아버린 것처럼

숨을 죽이고 생각하게 되거든.

사실 나는 것은 아무것도 없었어

나의 부모님은 독서에 취미가 있는 분들이 아니었다. 책을 좋아하는 사람 중에는 집에 책이 가득하거나, 이웃에 사는 형이나 누나의 영향으로 책에 관심을 갖기 시작했다는 얘기를 많이 하던데, 어쩌다 보니 나는 자발적으로 읽기 시작했다. 서점에서 우연히 '헤르만 헤세'의 《수레바퀴 밑에서》를 읽고, 이제부터는 부모님은 이해할 수 없는 어떤 새로운, 나만의 세계가 있을 거라고 직감했다. 그 이후로 내 방에 방문을 닫는 일이 많아졌다.

그러나 아파트 구조상, 그리고 부모님의 성격상 간섭은 피할 수 없었다. 부모님과의 갈등은 계속 심해졌다. 나는 내 생각을 그분들에게 논리적으로 표현할 수준이 되지 못했다. 뭔가 부당한 듯한데, 그것을 설명할 수 없었다. 화는 계속 쌓이고, 대화는 더욱 힘들어졌다.

방문 넘어 있는 행복한 가족들. 그들은 너무 멀리에 있었다. 안타깝지만 그들의 삶은 나와 아무 상관이 없었다.

그때 같은 책을 읽었다는 여학생을 우연히 알게 되었다. 그녀에게 나의 이야기를 쏟아 부었다. 왠지 그녀는 다 이해해 줄 거라 생각했다. 그녀는 가끔, 아니 자주 내 이야기가 어렵다고 했다. 나는 학교의 숨 막히는 공간이 싫었고, 집이 싫었고, 공부가 싫었다. 그녀는 전교 부회장에 학교를 좋아했고, 부모님과 사이가 좋았으며, 공부를 좋아했다.

대학교에 가고 나서 중학교 동창회에 참석했다. 그녀도 있었다. 난 참 그녀가 반가웠다. 술잔이 몇 잔 돌자 그녀가 말했다. 이제야 말하지만, 그때는 나를 이해할 수도 없었고, 내가 참 별로였다고 했다. 그녀와 뭔가 통했다고 생각했는데, 사실 통했던 것은 아무것도 없었다. 비슷한 책 몇 권 읽은 게 다고, 공통점은 하나도 없었다.

결국 대부분은 스쳐 지나간 과거가 되어 버린다. 내 마음을 뒤흔들고 몸속을 꿰뚫을 것만 같던 책에서 본 많은 글들도 세월이 훌쩍 지나고 보니 교묘하고 번드레한 약속 같은 것에 불과했음을 깨닫게 되기도 한다. 그리고 그런 대단치 않은 글조차도 좋아했던 친구와 나누지 못했었다. 혼자 열심히 떠들었으면서, 함께 떠들었다고 생각했다. 계속 착각하며 추억하고 살아간다.

헤어짐에 목적이 있을까

헤어짐에 목적이 있을까.

상처에 이유가 있을까.

헤어지고 치유해 가는 과정에서

방향이 보인다고 하는데.

자신을 변화시킬 부분이

고통을 극복하면서

그리고 견디면서

삶이 고통보다 크다는 것을 이해한다고 하는데.

오늘만 울고

내일은 이불 털고 일어나야겠지.

하지만 기억되고 싶다.

시간의 바람 흘러도

남아 있는

흔적이 되고 싶다

그것이 어떤 의미나 가치가 있는지
잘 모르겠지만,
사라져 버리더라도
그녀에게 기억 될 수 있다면
내 삶의 고통쯤은
그러니깐 내 삶의 고통쯤은

내일은 이불 털고 일어나야겠지.

오피스 썸

있잖아요… 한번 생각해 봐요. 지금까지 우리 무사히 살아오긴 했지만, 세상은 정말 위험천만한 곳이에요. 비행기가 하늘에서 떨어지고, 자동차가 달리고, 지하철이 땅 밑에서 달리고 있죠. 무슨 일이 일어날지 몰라요. 건물 저 위에서 누가 뭘 떨어뜨릴지 알 수 없는데, 우린 무심하게 위도 보지 않고 걸어 다니죠. 가끔 깜짝깜짝 놀라서 위를 쳐다보곤 합니다. 저기 저 많은 사람들 속에 외투 안에 칼을 숨기고 있는 미친 사람이 섞여 있을 수도 있어요. 알 수 없어요. 아시다 시피 여자는 더욱 도망가기가 쉽지 않잖아요. 직장에 운동화를 신고 출근하는 여자 있나요? 저야 달리기가 빠른 편이지만, 미친놈은 솔직히 자신이 없어요. 어쨌든 지금까지 우리가 별일 없이 살아 있는 게 정말 기적일 수 있습니다. 내일 일은 누구도 모르니깐, 그래서 저는 하고 싶은 건 가능한 살아 있을 때 빨리 해두려고 합니다.

그래서 말인데, 저랑 한번 만나 볼래요?

사랑이 깊어지면

아스팔트 위에 있는
자동차의 헤드라이트도 예쁘게 보이지.

라식수술 그리고 멀티버스(multiverse)

라식수술을 하고 다른 세상을 보게 되었다.

정말로 글자 그대로 다른 세상을 보게 되었다. 내 주변에 있는 모든 사람들의 얼굴이 달라 보였다.

솔직히 말하면 실망한 쪽이었다. 내 외모부터가 라식 수술을 하고 상상한 것 이상으로 별로였다. 정말 아쉽다.

안경을 썼을 때는 두 개의 세계에 살고 있었다. 안경을 벗으면 윤곽이 흐릿해지고 덕분에 모든 게 부드러워 보였다. 세상이 보기 싫으면, 사람이 보기 싫으면 안경을 벗으면 되었다. 시력이 -14 디옵터의 빼빼이 안경을 쓰고 있어서 난 안경을 벗는 게 실제로 외모가 아주 약간 괜찮아 보이긴 했다(그렇게 믿는다.).

라식수술 이후 사람들은 상대를 볼 때 자기가 보고 싶은 것을 먼저 본다는 것을 알았다. 물리적으로 내가 보고 싶은 부위를 먼저 본다. 얼굴을 볼 때도, 몸매를 볼 때도 마찬가지다. 사람마다 각자 시력이 다르니, 그 물리적 부위를 보는 실감이 각자가 다를 것이다. 그러니 진짜 다른 세상에 살고 있는 셈이 된다. 거기에다 취향까지 섞으면, 음… 상대와 내가 이 땅 위에서, 하필 이 시각에 서로 마주보는 것을 감사하게 될 정도다.

대학교 때 알고 지낸 여학생이 '위절제수술'을 한다고 했다. 그녀는 수술하고 나서 자신이 얼마나 날씬해질지 계속 이야기했다. 나는 그녀의 이야기를 계속 들었다.

저렇게 힘든 수술을 하는데, 그녀의 세상을 깨뜨려서는 안 된다는 생각이 들었다. 그녀는 수술을 성공적으로 마쳤다. 그리고 그때 이후로 쭉 20년 넘도록 수술 전 몸무게를 계속 유지해 오고 있다.

흐려지네, 모든 것이

너와 난 같은 이야기를 공유하고 있고

너와 했던 약속을 믿으면서 난 그 어떤 것도 두려워하지 않게 되었어.

너와 함께 나누었던 이야기와

너와 함께 시간을 보내면서 점점 당당해졌어.

그러나 약속이 흐려지고, 너와 헤어지면서

다시 약해졌어.

내가 쓰는 이야기가 길을 잃어버린 느낌이었어. 내 존재가

빛을 잃게 되었지.

나란 인간이 별로 중요하게 느껴지지 않았어.

속할 곳이 어디인지, 집단에서 버려진 탕자처럼

어떻게 해야 할지, 시간은 어떻게 써야 할지,

무엇을 기대하고 살아야 할지 모든 게 희미해졌어.

정말이지 지옥 같았어.

가출을 못한 이유

나이 많고 잘난 사람이 내 어깨를 두드리며 격려해 줄 때 잘하고 있다고 믿을 수 있었지. 학교 선생님이 좋은 점수를 줄 때 똑똑하다고 생각할 수 있었어. 어른들의 평가가 바로 나였거든.

그러나 중학생이 된 뒤로는 나를 평가하는 어른들이 약점이 많다는 것을 알게 되었어. 어른이 있지만, 진짜 어른이 없는 느낌이랄까. 나이가 많다고, 좀 더 세련되게 말한다고, 좀 더 똑똑한 척에, 힘이 더 세다는 이유로 권위를 주장하는 사람들에게는 마음이 가지 않았어.

홀로 서고 싶지만, 정말이지 내 주변의 어른들에게 보란 듯이 홀로 서고 싶었지만 무서웠어. 생각이 많은 척 했지만, 겁이 많은 거였지. 그 시절 터프하게 가출을 감행 했던 녀석들이 진짜 존경스러웠어. 진심으로 엎드려 절하고 싶을 정도였지. 못마땅해 하는 어른들의 시선을 뾰족하게 반항한 녀석들. 나중에 알았지만, 개중에 영영 집을 나간 녀석은 하나도 없었지만(그래도 어디에서 무엇을 하고 살고 있든 분발해주었으면).

나이가 많든 적든 가출이란 것도 돌아올 곳이 있는 사람들만 하는 일종의 연극이라는 이야기도 있고…….

2가지 종족이 지배하다

알지 모르지만 대학교에는 2가지 종족이 있다. 자취를 하는 종족과 자취를 안 하는 종족. 자취를 하는 쪽은 모든 것을 스스로 책임을 져야 한다. 어깨가 무겁다. 자취를 안 하는 종족은 평생 모를 것이다. 화장실이 얼마나 빨리 더러워지는지. 좁은 자취방을 움직이다 보면 먼지와 머리카락이 방바닥을 금방 더럽게 만들어서 덩치 큰 청소기보다는 가벼운 돌돌이가 필수라는 것. 정리를 하다보면 하루가 길고 일도 많아서 시간이 흐르는 것인지 현실감이 없을 때도 있다.

일단 뭐든 만들어 먹으면 쓰레기가 생기고, 설거지거리가 생긴다는 것을. 장을 보는 것도 제법 품을 파는 일이지만, 청소하는 것도 그에 못지않게 노력이 필요하다. 자기 집 화장실 청소도 안 해본 녀석과는 무슨 깊은 대화가 될까? 걔네들은 눈뜨면 화장실이 깨끗이 정리되어 있어서 자기만 씻고 나가도 되었을 텐데. 솔직히 나도 집에서 부모님과 함께 살 때는 그랬지만.

그러니깐 자취를 하면 남자든, 여자든 터프해질 수밖에 없다. 나름의 철학을 만들기도 한다. 친구의 자취방만큼, 그 친구의 속내를

드러내는 것이 없다고 생각한다. 집은 가장 사적인 공간이니깐.

어떤 녀석은 설거지가 싫고, 집이 더러워지는 것이 싫어서 밥은 거의 밖에서 먹고, 그게 여의치 않으면 편의점에서 산 걸로 식사를 해결한다고 한다. 돈 많은 녀석이다. 건강도 나빠질 것이다. 이런 녀석에게 만 원으로 일주일을 견딜 수 있냐고, 밥솥에 있는 밥과 냉장고에 있는 밑반찬과 간장으로 1주일 내내 똑같은 것만 먹을 수 있냐고 물어보면…… 그러고 보니 이 녀석도 자취를 하는 종족으로 묶으려니 뭔가 손해 보는 기분이…… 편의점에 의존하는 녀석은 터프하지 않다. 북한이랑 전쟁하면 가장 먼저 죽어 버릴지도.

자취를 하면 주말에도 바쁘다. 종일 집안일에 쫓긴다. 빨래가 끝나면 말려야 되고, 설거지거리가 쌓인 것도 처리해야 하고, 화장실도 청소해야 한다. 요일에 맞춰서 분리수거도 해야 한다.

그러니깐 이 모든 것을 하면서 시간을 쪼개어 당신을 만난다고요.

구제불능이네요

그녀와 있었던 일을 예로 들며
얼마 전 헤어진 친구를 위로 하는 나를 본다.
다 아는 듯 그에게
술잔을 부딪치면서
'여자들은 다 그래, 너도 좀 영리하게 살아.'
폼나게 이야기한다.

술집을 나오고
친구는 혀 꼬부라진 소리로 연신 고맙다고
택시를 타고
차창에 비친 나를 본다.
허무하다.
이런 내가 좀… 별로다.
그러면 안 되는데
난 그녀를 나쁘게 이야기하면 안 되는데
그렇게 많이

좋아했던 사람을
고작 안주 거리 정도로
입에 올리다니

나란 인간
무슨 생각을 하며 사는지
생각은 있기나 한 건지
여러모로
참 재수가 없다.

2부

떨어지지 않는 포스트잇

대학교 캠퍼스만의 아우라가 있다.

그것이 대학교 캠퍼스만 가지고 있는

어떤 깊이며,

설명하기가 애매한 좋은 점인 것 같다.

지나간 20대, 그리고 다가올 연애

공항에서 한 번 더 쳐다보았다. 바쁜 사람들 사이로 우두커니 서 있는 그녀가 보였다. 그녀는 내게 할 말이 많아 보였지만, 나오는 말을 애써 삼키고 있었다.

갑자기 외로워졌다. 스물네 살. 이제껏 살아오면서 잃어버린 많은 것들이 떠올랐다. 잃어버린 시간, 잊혀진 얼굴들, 이제는 다시 돌아갈 수 없는 지난 시간들.

그녀를 앞에 두고 그동안 줄곧 함께했던 시간들도 떠올렸다. 그녀를 처음 만났을 때와 처음 고백했던 순간의 그 설렘, 함께 놀이터를 돌면서 맡았던 저녁의 냄새, 살갗에 스치는 바람, 내 손에 단단히 잡혀 있던 그녀의 작은 손. 그녀의 작은 손.

이상하다. 왜 하필 지금 모든 것들이 어떤 큰 의미를 품은 듯 뚜렷해진다. 당시에는 그녀와 함께했던 풍경들에 큰 관심을 기울이지 않았다. 이제 마지막이라 생각하니, 그녀와 정리해야 된다고 생각하니 모든 것이 애틋해진다.

앞으로 더욱 멀어질 것이다. 물리적으로도 심적으로도 멀어진다. 나는 곧 떠난다. 내가 서 있는 곳에서부터 그녀는 이제 영영 보이지 않을 것이다.

그랬다. 생각해 보면 헤어지는 마당에 그녀가 왜 그때 공항에 있었는지, 지금 돌이켜 봐도 알 수가 없다. 그리고 그때 내 마음이 얼마나 아팠는지도 잘 모르겠다.

대학에 갓 입학하여 아무것도 모를 때 그녀를 만났고, 하루도 빠짐없이 2시간 이상 매일 전화를 했으며, 이메일과 문자도 숱하게 주고받았었다. 하루에 내게 주어진 시간 속에서 그녀는 너무도 소중했으며, 그녀 이외에 모든 것은 그다지 중요해 보이지 않았다. 부모님도, 친구도, 학점도, 아르바이트도.

살면서 더 희미해지겠지. 우린 헤어졌고, 그때가 마지막이었다.

나는 그녀를 정말 좋아했고, 그녀도 나를 좋아했다고 믿는다. 모르겠다. 지금 그녀가 어떤 모습으로, 그리고 어디에서 살고 있는지 궁금하다. 그때 난 그녀를 떠났었고, 그 이후로 꽤 시간이 흘렀다. 지금 내 앞에는 아직 처리하지 못한 서류들과 하얀 화면의 노트북, 구긴 담배가 놓여있다. 잠이 오지 않는다.

이게 아니긴 아닌데

서툴러 후회만 남고

서투르게 행동해서 상처만 남고

나도 부족했고

너도 부족했고

마음은 그게 아닌데

뭐가 그렇게 어려운지

짜증 나게 또 보고 싶고

너무나 어렵게만 행동했던

나도 그렇고

너도 그렇고

참 바보 같다.

조금만 더 있다가

안가?

너 먼저 가고 갈게.

이야기는

끊임없이 이어졌다.

다음 차를 기다리며

시간을 보냈다.

교복을 입은 채로

앞으로의 직업과

결혼은 누구랑 하고 싶어?

당연히 너지.

그녀의 집 쪽으로 가는 버스에 올라

가는 도중에도

이야기는 쉼 없이 계속 이어져

그녀의 집 앞 정류장에 도착해

이제는 집에 가야 되는데

집에 가야 되는데

돌아가는 버스를 계속 보내며
추운 두 손을 호주머니에 넣고
끊임없이
막차가 끊길 때까지
오지 않을 다음 버스를 기다리며
시계를 보지도 않고
이야기는
쭉 이어졌다.

설명하기 애매하지만

자취방으로 향하는 골목길에는
울고, 웃고, 마시고, 토하고,
실연하고, 싸우고, 함께했던 젊은이들의 소리가 가득했다.
학교를 왔다갔다하면서
이 길을 좋아하게 되었다

오랜만에 그곳에 갔다.
체인점, 음식점, 편의점, 유니클로로 바뀌어 있었다.
그래도 알 수 있었다. 눈에 보이지 않는 흔적으로
오래된 시간의 냄새가 그 공간을 채우고 있었다.
아무리 가게가 여러 번 바뀐다고 해도
대학교 캠퍼스만의 아우라가 있다.
그것이 대학교 캠퍼스만 가지고 있는
어떤 깊이며,
설명하기가 애매한 좋은 점인 것 같다.
잡다한 냄새와 시원한 맥주잔이 부딪히는

이곳에서 보냈던 시간을

오랫동안 사랑할 것이다.

밤하늘에 약속합니다

너와 헤어진 후

밤하늘을 보면서 나눴던 약속을

그래도

지켜야지,

생각했다.

아무도

누구도 알아주지 않아도

혼자이고 외로워도

그게 내 삶의 의미라고

살아갈 이유쯤은 될 수 있다고.

그래서

살아지더라.

죽을 것 같아도

옆에 없는 너를 원망하며

세상이 끝날 것 같이

시간을 버리기도 했지만

그렇게 원망하면서

꾸역꾸역

어떻게든 살아지더라.

새롭게 시작해 볼까

대학생이 되고, 자취를 하면서 부모님의 품에서 벗어나 어디를 가든, 무엇을 하든 모두 가능하다고 생각하니 마음이 가벼워졌다.

짐을 정리하고 혼자 앉아 있으니, 이렇게 넓은 서울 하늘에서, 밤은 어둡고 약간은 외로움도 느껴진다. 그러나 비로소 나의 손으로 모든 것을 만지고, 내 눈으로 모든 것을 온전히 선택할 수 있다는 생각이 드니, 신기한 기분도 든다. 그동안 과장을 좀 보태면, 가족들 틈에서 절름발이처럼 생활해 온 셈이다. 가족들의 기척이 없는 곳. 난 마음이 편해졌다.

두꺼운 옷을 입고 뛰어나갔다. 입에서는 숨을 내쉴 때마다 하얀 입김이 연신 나온다. 봄이 점점 다가오는 것이 느껴지는 늦겨울, 따스한 빛이 나를 포근하게 감싸고 있다.

바람이 기분 좋게 내 뺨을 스치고, 기분이 상쾌해졌다. 보도블럭에는 이름 모를 풀에 영롱한 아침이슬이 맺혀있다. 연한 연두색 잎사귀가 새로 태어난 아기처럼 귀엽다. 나처럼 이 잡초도 보도블럭 사이에서 힘껏 기지개를 켜고 있다. 하늘에는 엷은 하늘색 구름 위로 저 멀리 아침이 밝아오고 있다. 저 앞 버스정류장 너머로 움직이는 사람들의 머리가 보인다.

그 동안 가지고 있던 정체를 알 수 없는 답답함에서 해방되어, 새로운 사람과 함께 새로운 '나'로써 이곳에서 마음 놓고 숨 쉴 수 있을 것 같다.

영어 공부가 지루해지면

굳이 문법을 안 배워도,

그러니깐 내가 우리말 문법을 잘 몰라도,

그리고 네가 문법적으로 올바른 문장을 이야기 안 해도

네가 하는 말을 난 정확하게 이해할 수 있어.

꼭 짚어 말하지 않아도

무슨 말을 하려는지 다 알겠어.

너도 그렇잖아?

고맙다. 넌 내게 언어의 불안전함을 가르쳐준 사람이야.

철학자는 정신의 운동선수이다

니체는 생각을 겨루는 운동선수로서 철학자를 보았어.

소크라테스는 그리스에서 지혜가 있는 척하는 당시 사람들을 '말빨'로 완전히 뭉개버리는 최고의 인기 독설가였지. 고대 그리스 철학을 이해하기 위해서는 올림픽을 보는 것이 도움이 되고, 올림픽을 제대로 이해하기 위해서는 고대 그리스 철학을 보는 것이 도움이 된다고 했어. 그리스 인들의 꿈은 최고가 되는 것, 첫째가 되는 것, 마지막까지 버티는 사람이 되는 것이라고 해. 이는 곧 '올림픽의 정신'이기도 하지.

상대방을 말로 이기기 위해서 자신의 정신력과 명민함을 매일 갈고 닦는 장면이 《플라톤의 대화편》에서 나와. 그러니깐 철학자 소크라테스는 호머의 《일리아드》에서 나오는 역기 들고 훈련하는 근육 빵빵한 영웅들의 실질적 후손이라는 거지. 《일리아드》의 무시무시한 영웅들처럼 '말빨'로 상대를 무시무시하게 물리치며 최고가 되는 것, 그리고 첫째가 되며, 마지막까지 버티는, 입으로 상대를 압살해 버리는 '철학자'가 되려고 했지.

말이 길지? 그러니깐 지금 너랑 나랑 말싸움을 하는 우린, 우리의 먼 조상인 소크라테스 형님의 고귀한 정신을 물려받았다는 것이야. 그리스 "아카데미아"의 후손인 대학생이자, 지성인으로서 서로의 명민함을 다투는 말싸움. 바로 숭고한 올림픽 정신이지. 평화롭고, 경기 중에 누구도 다치지 않으면서 페어플레이(fairplay). 너랑 말싸움을 하면 결국 아킬레우스에게 작렬이 패배하는 헥토르지만, 그래도 난 전혀 기분 나쁘지 않아.

철학자는 정신의 운동선수이다.

The Philosopher as athlete of the mind.

- 니체 -

까꿍

어릴 때 "까꿍" 놀이 기억해?

눈을 가리면 엄마가 보이지 않다가 손을 내리면서 "까꿍!" 하는 놀이.

아이는 무척 즐거워하지. 갓난아이가 즐거워하는 것은 엄마가 비록 시야에서 사라져도 영영 사라지는 것이 아니라는 것을 본능적으로 알고 있기 때문이라고 해. 가장 소중한 엄마가 늘 옆에 있다는 것.

있잖아, 네가 나한테 그래.

지금 옆에 없어도,

언젠가 손을 내리면서 "까꿍" 하며 눈앞에 나타날 것 같아.

난 그날을 계속 기다리고 있어.

아직까지

바보처럼

그러고 있어.

LOVE LOADING...

늦은 오후에 커피와 도넛

늦은 오후에 따뜻한 커피와 도넛을 함께 베어 먹으면서
입술에 묻은 설탕 가루를 털어주는
갓 튀긴 도넛은 역시 바삭바삭해서 아주 맛있어.

있잖아, 예전에 네가 만들어 줬던 도넛에 대해서 한참을 떠들다가 원래 무슨 이야기로 시작했는지 까먹곤 했지.
그래, 너랑은 보낸 시간이 길지는 않았는데,
자주 생각이 나.

강의가 휴강되고 너랑 기분 좋게 푸른 캠퍼스 잔디밭에 앉아
콜라 한 캔 먹으면서 따뜻한 햇볕 속에
기지개를 켜면서
이것이 대학 생활이구나, 행복해했지.

오후의 시간은 몽실몽실 빨리 흐르고
숨어 있는 하루의 즐거움을 찾는

살랑 봄바람 아래

온몸으로 느끼는 나른함

한번 뿐인 캠퍼스 라이프, 이 몸에 깃든 생명을 깊게 들이키며

썸타기

좋아하는 사람 없어?

나? 뭐…. 그냥… 왜?

궁금해서

내가? …음…. 근데… 왜?

그냥 물어보고 싶어서

아… 그래 … 근데… 왜?

무책임하고 건방진 거지

어째서 좋아하는 사람하고만 사귀어야 되는 거죠?

어째서 당신을 좋아해 주는 사람에게는

눈길도 주지 않는 거죠?

자기 마음만 소중하고 타인의 마음에는 무심하다니.

그건 그쪽이 문제가 있다고 봐요.

무책임하고 건방진 거지요.

아니, 그러니깐 내 말은

만약에 사귄 뒤에도 좋아지지 않는다면 어쩔 수 없겠지만요.

그러니 내 말 한번 믿고 시험해 봐도 좋지 않을까요?

너무 본인 직감만 믿는 건 좋지 않습니다.

만나 보니 괜찮은 사람도 있잖아요.

한 번만 우리 사귀어 보자고요.

제발 딱 한 번만요.

네?

좀 더 멋있게 헤어졌다면

그러니깐 늘 그렇게 행복했던 것은 아니었다.

서로에게 상처를 주고, 이기적으로 굴기도 하고, '좀 더 괜찮은 사람 없나?' 몰래 두리번거리기도 하면서, 그래도 같이 지냈던 시간이 1000일이 넘어간 지가 오래다.

헤어지고 괴로웠다.

'그녀를 포기해.'라는 머릿속 말보다
내 마음이 상황을 이해하는 데 시간이 더 걸렸던 것 같다.
그녀의 마음이 식어가는 것이 눈에 보여도
내 마음은 지금의 상황을 거부하고 있었다.
끝을 알고 있어도
미적미적 그날을 미뤄두고 있었다.

그녀에게 상처를 입는 말을 들었다.
끝까지 갈 때까지

그녀가 나를 몸서리치도록 거부할 때까지
내 마음은 그녀를 놓지 못하고 있었다.

그리고 그녀를 놓았다.
큰 상처를 남기면서
좋은 것보다
싫은 것이 더 많을 때까지

이왕 헤어지는 것
조금만 더 멋있게 헤어졌으면 좋았을 텐데.

영어공부가 지루해지면 2

'interest'라는 영어 단어는 관심, 재미라는 뜻도 있지만 이익, 혹은 이자라는 뜻도 있어.

'I am interested in you.' 내가 너에게 흥미가 있어서 너에게 기꺼이 이자를 내겠다는 뜻이야. 너에게 향하는 나의 'interest'가 이자로 얼마간 지불하게 될지라도, 나는 아깝지 않게 흥미를 키우며 내 모든 것을 쏟을게!

사진을 찍을 때 늘 생각해. 전체 풍경 속에서 내 눈이 향하는 곳으로 카메라의 초점을 맞추게 되지. 인생을 보면 전체를 다 품을 수 없어. 관심을 가는 곳에만 시선을 쏟잖아? 있잖아, 내 관심을 너에게 쏟게 되어 기뻐. 너에게만 기꺼이 이자를 지불하게 되어 기뻐.

볶음밥으로 점수 따기

오늘 볶음밥을 해 먹을 것이다. 그녀가 집에 놀러 오기로 했다. 볶음밥에서 중요한 것은 무엇보다 힘줄이 도드라지는 강한 팔 힘과 넉넉한 식용유. 아, 가스레인지 불도 최대로 해 놓아야 한다. 이미 재료는 모두 준비했다. 두 번이나 확인했다. 묵은김치가 있어서 김치볶음밥을 준비할까 하다가, 밥을 먹으면서 고춧가루라도 이빨에 끼면 곤란하기 때문에 포기했다. 히죽거리다가 이빨에 낀 고춧가루 때문에 그녀의 비위가 상해버리면 진짜 곤란해. 스팸 햄, 당근, 감자, 양파 그리고 다진 마늘까지 완벽하게 준비했다. 완벽해!

밥은 이미 미리 떠서 식힌 상태이다. 밥을 볶을 것이므로 그 전에 미리 물기를 말려 줘야 했다. 이거 아는 사람 많이 없지. 후후. 팬에 식용유를 둘렀다. 올리브유를 두르고 싶지만, 가난한 자취생에게는 가성비가 먼저다. 맛은 얼추 비슷하다(아마 비슷할 것이다.).

팬이 뜨거워지면 먼저 감자와 당근을 볶는다. 아, 감자와 당근은 팬에 넣기 전에 미리 잘게 썰어놔야 했다. 그리고 그다음에는 햄과 밥을 넣어 함께 볶았다. 간장으로 간을 약간 맞추긴 하지만, 절대로 많이 부으면 안 된다. 밥 색깔이 까맣게 미워지기 때문이다.

이제 본격적으로 마초적인 힘을 쓸 시간이다. 가스레인지 불을 최대치로 올리고, 팔 힘을 사용해서 위로 쳐올렸다. 밥과 기름이 사정없이 튀었다.(중국집 요리사가 이런 식으로 요리하는 것을 어디에서 본 적이 있다.) 뭔지 몰라도 이렇게 하면 더 맛있을 것 같다. 정리는 이따 나중에. 집중, 집중. 아, 후에 안 일이지만, 중국집 볶음밥은 팬 볼이 넓은 중국식 팬인 '웍'으로 한다는 것을 알았다. TV에서와는 다르게 밥이 사방에 튄 이유가 있었군. 밥솥에 뚜껑을 열고 주걱을 꺼내(자취생 중에 프라이팬용 뒤집개를 굳이 산 사람이 있나요?) 프라이팬에 볶음밥을 잘 저어준다. 다 볶아지면 밥 위에 달걀 프라이를 얹고, 그동안 아껴둔 후리카케도 듬뿍 뿌린다.

재료비는 다 합쳐서 3천 원도 들지 않았다. 10분 뒤 그녀가 올 것이다. 그녀가 무척 좋아할 것이다. 히히~~

웃게 된다

화가 나 있었다.

두 번 다시 꼴도 보기 싫었다.

이해할 수 없었고, 이해하고 싶지도 않았다.

그녀가 내 앞에 나타났다.

나는 험상궂은 인상으로 그녀 앞에 성큼성큼 다가섰다.

지금 이 상황이 심각하다는 것을 보여주고 싶었다.

궂은 인상을 애써 펴 보이지 않았다.

그녀 앞으로 다가가자, 고개를 갸우뚱거리며 묻는다.

"왜 그렇게 웃어?"

뭐 잘못 먹었냐?

네 눈에는 내 모습이 보이지도 않니?

당황하며 차창에 비춰진 내 모습을 보았다.

지금 농담할 상황이 아닌데

내 기분을 몰라주는 그녀를 이해할 수 없다.

나는 지금 엄청 화가 나 있는 상태이다.

그러나…

우습게도…

차창 속의 나는 본의 아니게도

웃고 있었다.

눈은 이미 풀려있었고, 입꼬리가 올라가

이빨을 보이지 않으려고

실룩 실룩 힘들게 웃음을 참고 있었다.

피식~ 웃음이 터졌다.

그래 이게 편해.

그녀도 날 보고 웃는다.

세상에 숨길 수 없는 것이 기침과 사랑이라고 누가 그랬던가.

그녀가 눈앞에 보이면

감출 수가 없다.

그녀가 보이면

화가 나 있어도

웃게 된다.

좀 알아 갈게

난 혼자 있을 때 말고는 늘 불편하거든.

누구랑 같이 있으면
불편하고
상대도 불편하고.

근데 너랑 있으면
편한 게 좀 이상해.

내가 편해지고
눈치도 덜 보게 되고 진짜 이상해.

궁금하다.
뭐 때문인지
뭐가 맞아서 그런 건지.

너무 궁금해서 그런데

그래서 그런데

너를

좀 알아 가면 안 될까?

시간을 두고

좀 천천히 알아 가면 안 될까?

한때의 절친으로

스무 살 때 그녀를 처음 만나 스물네 살에 헤어졌다. 4년을 꼬박 만났고, 그녀를 만날 때 다른 것들은 내게 중요하지 않았다.

그녀는 내게 애인이자 가장 친한, 마음을 터놓을 수 있는 유일한 절친과 다름없었다.

그녀를 잃는 것이 두려웠다. 조금씩 사이가 멀어질 때도 애써 부정하고 있었다. 그녀와 헤어지면 난 스무 살의 전부가 날아가는 것과 같았기 때문에…….

헤어지고 난 뒤에도 서로 연락하고 지낼 수 있기를 바랐다. 예전처럼 전화기를 붙잡고 주변 사람들 흉을 보며 속 이야기를 할 수 있다면, 하루를 그렇게 마무리할 수 있다면.

학창시절의 친구들을 만나서 옛날이야기를 자연스럽게 나누는 것처럼, 애인이 아닌 한때의 절친으로 만나 '그때 우리가 얼마나 어리석었는지' 이야기할 수 있다면 좋을 텐데.

그녀와 헤어지면서 가장 친한 친구를 잃게 되었고, 난 다시 혼자가 되었다.

앞으로도, 그리고 영원히 그때의 추억을 떠올리며 함께 이야기를 나누지 못하는 것이, 인생의 가장 빛나던 시절의 이야기를 나누지 못하는 것이, 이제는 그럴 수도 없는 것이 슬프다.

집으로 가는 기차

기차를 타고 집으로 가고 있다.
서울 생활 몇 년 했다고 우쭐했던 마음이
익숙한 동네의 풍경을 보며
부자연스럽게 긴장했던 어깨가 서서히 녹으면서
감사한 마음이 솟아났다.

시간이 흐르며 잊고 있던 그때의 기억들.
그 시절 친구와 함께 앉아
미래를 이야기했던 벤치.
내 생각을 궁금해하며
이야기를 귀담아듣던 그 얼굴들 이젠 없어도
놀이터, 아파트 앞의 소박한 공원,
대단한 풍경은 아니지만
모두 소중했다.

마음속으로

이 귀한 것들을 그토록 오래 잊고 지낸

서울의 찬 풍경으로 지워버렸던

부족한 나를 용서해 달라고

빌고 또 빌었다.

정신 똑바로 차려

그러니깐 정신 똑바로 차려!

무엇이든 인터넷이 가르쳐 주는 시대야. 스스로를 만들어 낼 수 있는 시대야. 노력해야 돼. 누구에게 보이는 '노오력'이 아니라 자기 몸으로 운명을 조종하면서 내게 필요한 정보를 하나하나 쌓아 나가야만 돼.

멍하게 눈에 들어오는 정보를 무심히 보고만 있어서는, 그러니깐 누구는 이 땅 어디에서, 혹은 지구 반대편에서 몇십 년 동안 꾸준히 자신을 발전시켜 나가고 있다고! 그런 사람들이 점점 늘어날 거야. 그게 진정으로 멋지게 살고 있는 거야.

그러니깐 정신 똑바로 차려야 돼. 너는 모르고 있을 뿐이지, 지금 이 순간에도 스스로를 매력적으로 만들기 위해서 고군분투하는 사람이 많아.

고독하게 혼자 있는 시간을 감내하면서 좁은 방에서 화려하게 꽃이 필 시기를, 그날을 그리며 땀을 흘리고 있을 거야. 긴 시간 동안 너나 나나 상상도 못 하는 고난을 견디면서.

그렇게 해야지만 연애도 가능해, 알겠어?

처음을 잊었다

처음 그녀가 좋아질 때
그녀가 가진 독특한 억양과
고집 있는 태도가 좋았다.

무엇이든 당당한
자기주장이 강한 모습이 좋았다.

그러나 연애가 시작되고
몇 년이 지나자

그녀의 독특한 억양이 거슬리고
그녀의 고집 때문에 대화가 안 된다고 느꼈으며

자기주장이 강한 그녀의 모습에
지치기 시작했다.

헤어지고 난 뒤 알았다.

내가 매력적으로 느꼈던 그 부분을 무시한 채

그녀를 점점 평범하게 만들고 있었다.

옷이 그게 뭐니.

꼭 그렇게 말을 해야 되니.

좀 동글동글하게 살아.

그녀를 평범하게 대하고.

평범한 그녀에게 지루함을 느끼고.

이 모든 것을 권태기로 이해했다.

물고기가 숨 쉬는 서울 하늘

서울 하늘을 보면

파란 하늘에 그물처럼 촘촘한 전선들

하늘은 바다 같고

나는 물고기처럼

그물에 갇힌

물고기처럼

그 전선들 속에서 멀리 가지 못하고

이 바닥에 붙어서

계속 머물고 있는 것은 아닌지

너나 잘 하세요

취업도 안 되는 시기에 연애에 시간을 쏟기 보다는
공부해서 학점 관리나
영어 공부를 먼저 해라고 했던 선배가 있었다.

학점이 좋아야 취업을 할 수 있다고.
결혼을 안 할지도 모를 여자에게
시간, 돈을 쓰는 것은 낭비라고.

그 선배는 아버지가 중견 기업 사장이었고,
졸업 뒤에 바로 취업이 예정되어 있었다.
서울에 명의를 받은 집도 있다나

적당히 선을 봐서 적당한 여자를 만나 적당히 결혼해서 사는
애 쓸 필요 없이 적당히 인생을 쓸
청약적금도 들지 않는
제 손으로 이력서 한번 쓰지 않을 사람에게

인생에 대한 충고를 들었다.

X까

3부

연애 스테이션(station)

침묵 속에서도 서로가 편안할 수 있으려면

서로를 더 알아야 되겠지.

얼마만큼 시간이 더 흘러야

언제쯤 내가 덜 불안할까?

반지하와 사치스러운 섬유 유연제

대학원에 진학하면서 대학로 앞에 방을 구했다. 월세 30만 원이 마지노선이었다. 하루 종일 방을 보러 다녔다. 30반 원에 지상층은 엄두도 낼 수 없었으며, 방이 조금 넓다 싶으면 모두 반지하, 혹은 밑이었다. 대략 몇몇 방을 정해 놓은 뒤 어머니께서 올라오셨는데, 방들의 상태를 보고 적잖이 충격을 받으시고는, 그중에서 괜찮은 방을 월세 35만 원, 관리비 2만 원에 구해 주셨다. 부엌이 딸려있는 반지하 원룸이었다. 왔다갔다 움직이는 사람들 다리 사이로 햇빛이 조금 보이는 방이었다.

나는 대학로에 있는 그 방이 무척 마음에 들었다.

일요일 오전이면 좁은 골목 맞은편 2층 집에서 윤도현 밴드의 노래 〈잊을게〉를 부르는 녀석이 있었다. “널 지워야~ 해~ 에에에~! 힘들어도~!” 늘 그 노래만 불렀다. 그 녀석 때문에 아침에 늦잠을 자지 않고 눈을 뜰 수 있어 큰 불만은 없었다. 노래는 잘하는 편이었다. 나도 그 노래를 자주 흥얼거렸다.

주인집 아주머니는 삐쩍 마른 몸에 늘 머리에 분홍색 헤어롤을 달고 계셨고, 짜증이 많은 편이셨다. 내게는 큰 말씀이 없으셨지만, 다른 학생들은 왔다갔다 만날 때마다 잔소리를 자주 들었다.

가끔 눅눅한 이불을 말리려 옥상에 올라가곤 했다. 햇빛이 조금 드는 반지하지만, 그래도 반지하는 반지하였다. 옥상에 가면 늘 여자 속옷들이 한가득 널려 있었다. 칙칙한 나의 반지하와 옥상에 가득한 여자 속옷들이 묘한 대조를 이루었다. 여자 속옷은 어쩜 그렇게 색깔들이 다양한지 화려한 색종이 같았다. 굳이 보려고 했던 것은 아니지만, 빨랫줄에 플라스틱 집게로 고정한 속옷들이 옥상 가득히 바람에 펄럭거리며 나부꼈다.

팬티는 사이즈가 작아서 고정되어 움직임이 적은 편이었지만, 브래지어는 바람이 불 때 그 움직임이 더 컸다. 집게를 단 위치에 따라 두 팔을 힘차게 뻗어 손을 흔드는 사람처럼 아래위로 크게 움직였다. 파란 하늘을 배경 삼아 은은한 섬유 유연제 냄새가 부드러웠다.

오랜만에 대학로에 있는 그곳을 찾아갔다. 근처 병원에 가는 길에 잠시 들렀다. 사실 계획하고 찾을 만큼 대단한 곳이 아니라서 오랫동안 잊고 있었다. 그땐 뭔가 진지했다고 생각했는데 그곳을 다시 가보니, 당시 나는 돈 없고 시간 많은 공부하는 척하는, 정말이지 어설프고 위험한 백수였다. 백수에게 특별한 사건은 없다. 그날이 그날이다.

그때를 떠올리면 희미하게 나는 빨래 냄새와 윤도현의 〈잊을게〉와 바람에 펄럭이던 여자 속옷들이 생각난다.

그거라도 없었으면 억울할 뻔했다

살면서 경찰과 이야기를 나눠 본 적이 없다. 경찰서에 가본 적도 없는 것 같다(그럴 것이다). 학생운동을 했던 선배들의 무용담은 귀가 따갑도록 들었다. 너무 편하게 대학생활을 하는 것은 아닌지, 내 인생이 이래도 되는 것인지 신경이 쓰였다. 객기를 제대로 부려보기 전에 청춘이 끝장난 건 아닌지 조급했다. 솔직히 호기롭게 객기를 꺼내 볼 만한 것도 내 인생에는 없었다. 난 술도 못 마시고, 담배도 피지 않았다. 친구들은 난방 셔츠 단추를 목까지 단단히 잠그고 강의 시간에는 절대 지각하지 않는 샌님들이었다. 건강에 도움이 된다고 아침 맨손 체조를 하는 녀석도 있었다. 도무지 폼나게 세상에 반항할 만한 환경이 아니었다.

나의 대학생활은 지극히 무미건조하고 평범했다. 군대를 다녀와서는 후배 눈치, 선배 눈치를 보면서 밥 사달라는 후배를 피해 다니며 천오백 원짜리 식권이 호주머니에 몇 개 남아 있는지 만지작거렸다. 그래, 나의 하루는 '짠내' 그 자체였다. 통장 잔고는 잉크가 마르기 전에 사라져 버리고(카드를 분실한 것 아닌지 늘 의심했다),

몇 백원 수수료 때문에 ATM기기에서 만원을 못 뽑아서 주말을 괴롭게 보내는 경우도 많았다. 월말에는 숙명처럼 밥에 간장을 비벼 먹었다.(일종의 리츄얼ritual 일수도)

그래서 대학교 때 그녀와의 연애가 무척 소중한 기억으로 남아 있다. 찌질한 대학생활에 진짜 정말로 그거라도 없었으면 굉장히 억울했을 것 같다. 천만 다행이다.

조금만 더 매달릴걸

조금만 더 매달릴걸.

그저 자존심에

너의 식은 태도에

나도 그렇다고

내가 먼저 싫어졌다고

이야기했어.

난 아직 그대로인데

그깟 자존심에

조금만 더 매달려 볼걸.

그러면 좀 더 함께

어쩌면 너와 계속

다른 이야기가 만들어졌을 텐데.

왜 바보같이 아무렇지 않은 척

나도 마음이 식은 척

자존심만 내세웠을까.

사실 더 좋아했던 것은

마음으로 크게 손해 보는 건

바로 난데.

그러니깐 그런 시각 너무 뻔하죠.

학교, 집 뻔한 생활 패턴, 그 이후에는 줄곧 집 안에만 있고

거의 비슷한 옷에 똑같은 생활을 한다고 해서,

겉보기에 밋밋하고 평범하다고 해서

마음까지, 생각까지 틀에 박힌 사고에

단순하고 지루하다고 여기는 것은 아주 어리석은 태도입니다.

제 마음이 얼마나 넓어질 수 있는지

모르잖아요.

마음속에 어떤 보석 같은 생각을 품고 있는지

노력조차 안하잖아요

아직 할 이야기가 많이 남아 있다고요.

정말이에요

비가 내리면

비가 내리면 우산 속에 있는 공간이
내 공간이 된다.
그러나 우산을 던지면
옷이 젖는 순간부터
모든 공간이 내 것이 된다.
좁은 자취방을 나와서
잔소리하는 사람 없고
엄마도, 아빠도, 애인도 없이
비 내릴 때를 기다리며
자주 비를 맞았다.
서울 하늘 아래에서
구두, 가방, 옷이 젖을까 전전긍긍하는
사람들 틈에
눈치 보는 사람 없이
자유로워졌다.

나 말고는 없었겠지

대학교 동아리에서 그녀를 만났다. 그녀는 지방에서 상경한 터라 자취를 하고 있었고, 나도 자취를 하고 있었다. 친구들이 모두 떠난 주말에 딱히 할 일도 없고 해서 같이 밥을 먹으면서 가까워졌다. 만나면 만날수록 그녀가 좋아졌다. 그녀는 얼굴이 예뻤다. 화장을 전혀 안 해서 잘 몰랐지만, 확실히 예쁜 얼굴이었다. 주변 선배들이 힐끔거리며 말을 걸 정도는 아니었지만, 확실히 나는 알 수 있었다. 그녀는 예쁜 얼굴이었다.

나는 함께 있을 때 자주 그녀의 얼굴을 뚫어지게 쳐다봤다.

"뭘 그렇게 빤히 봐?"

"예뻐서!"

"거짓말 하지마."

"진짜야."

"너 빼고 그런 말 하는 사람 없어."

"나 말고는 제대로 본 사람이 없었겠지."

많은 이야기를 나누었다. 그녀도 함께 있는 것을 편하게 생각했다. 어떤 이야기도 그녀에게는 전부, 숨김없이 다 할 수 있을 것 같았다. 그동안 허무하게 인생을 낭비하고 있었다. 이제야 인생에 색깔이 입혀졌다. 나는 그동안 너무 헛되게 살았다.

두 번 다시 쓸쓸하고 들어주는 사람 하나 없는, 고독한 생활로 되돌아가고 싶지 않았다. 그녀와 함께 있는 이곳이 나의 장소였다. 그녀와 함께 보내는 시간이 내 시간이었다.

종교학 수업을 들으면서

지금 여기에 대한 믿음도 부족한데

어떻게 내세에 대한 믿음을 가지죠?

그녀가 노래를 불렀다

그녀와 노래방을 갔다. 너무 떨려서 내가 무슨 노래를 불렀는지 기억이 나지 않지만, 그녀가 불렀던 노래는 지금까지도 생생하게 기억이 난다. 그녀의 노래에 순식간에 반해버렸다. 당시에 인기가 있던 영화 OST 팝송이었다. 라디오에서 흔히 듣던 노래였고, 특별히 좋다고 생각한 적은 없었다. 그러나 그녀가 부르자 특별해졌다. 설명할 수 없는 무언가가 내 마음의 문 같은 것을 힘껏 열어젖힌 것 같았다. 나와 관련된, 나만이 이해할 수 있는 특별한 뭔가가 분명히 있는 듯, 그녀로부터 시선을 뗄 수가 없었다.

이상했다. 그녀의 노래가 진행될 될수록 내 마음은 한 차원 넓어지면서 까마득한 어떤 것이, 마음먹고 뚫어져라 계속 응시하면 보일 것 같은, 감히 손에 닿을 수 없는 어떤 것이 느껴졌다. 영화 속 남녀 주인공의 아련한 장면과 함께 노래하는 그녀가 점점 현실감이 없어졌다. 그녀의 목소리는 방 안을 떠다니다가 부드럽게 주변을 감쌌다. 나는 노래 속으로 완전히 빨려 들어갔다.

지금도 가끔 그 음악을 듣는다. 그럴 때마다 지하에 있던 그 노래방의 눅눅한 습기와 그녀의 향수 냄새, 그리고 무엇보다 언제까지 바래지 않고 끝없이 계속되는 젊음, 그녀와의 관계가 영원할 것 같았던 순진한 꿈, 그때의 파릇파릇한 향기가 떠오른다. 그때는 모든 것이 다 되는 줄 알았다. 모든 것이 알맞게 준비되어서 그녀와 함께 내 청춘도 주욱 계속될 줄 알았다.

변덕스러운 여우비 같이

좋은 것을 먹으면,

좋은 음악을 들으면 네가 먼저 떠오른다.

좋은 영화를 보면 너랑 보고 싶고

좋은 이야기를 들으면

너한테는 꼭 얘기해 주고 싶어.

이렇게 좋은 것들 보면 네가 떠오르는데

괜히 미안한 마음도 들어.

나만 즐거운 것이 아닌가 해서 말이야.

근데 있잖아, 이건 있다?

사실 좋은 것을 보면 네가 떠오르는 것이 아니라

난 항상 매 순간마다 널 생각하거든.

좋은 것을 보든

나쁜 것을 보든
즐거울 때나
슬플 때나

그 마음이 시작되었던 그 찰나의 순간에도
나는 너를 먼저 떠올리고 있어.

내 삶 속에 넌 항상 깊숙하게
너무 깊숙해서 때로는 어디 있는지
어디서부터가 나인지
구별이 힘들어.

내 안에
내 살 속에
내 머릿속과 내 가슴 안에서
해변에서 수줍게 자리 잡은 까만색 조약돌처럼
넌 그렇게 귀엽고 앙증맞아.

너라서 너무 고마운걸.

머리가 나빠 금방 까먹고
잊어버리지 않으면 싸울 일도 정말 없을 텐데.
잘 안돼.

그래도 있잖아…
내 옆에 있는 너랑 싸울 수 있어서
그게 또 좋기도 해.
정상인지는 잘 모르겠다.

여우비처럼 변덕스럽게
하루에도 수십 번씩 바뀌는 마음이지만
그래도 너밖에 없다고 생각해.

가끔은 말이야
너도 이런 내가 고마울 때가 있지 않니?
널 닮아가는 내 모습이 너무 좋다.

배웠다 너를 통해

어머니에게도, 아버지에게도 살면서 인정받지 못했다. 부모님 중 한 분이라도 따뜻하게 웃어주는 분이 없었다. 남에게는 한없이 친절한 분들이 나에게는 차가운 분들이었다. 내게는 남겨줄 친절이 없었는지도 모르겠다. 사랑을 받고 있다는 것을 실감한 적이 없어서 사랑을 주는 것에 어려움을 느꼈다. 상대에게 마음을 기대 할 수 없어 스스로 더 움직여야 했고, 애를 쓰면 쓸수록, 낮은 자존감은 내가 가진 상처를 제대로 보지 못하게 했다. 나에게 난 더욱 가혹했다.

그리고 너를 만났다.

너를 통해서, 너의 부모를 보면서 자식에 대한 진짜 사랑을 배웠다. 부모의 사랑은 자연스러운 것이지 배우는 것이 아니라는 것을. 기대하지 않고 주는 것이 진짜 부모의 사랑이었다.

너를 지키기 위해서는 스스로를 이겨내야 한다는 것을 배웠다.

온전히 모든 것을 견뎌야 소중한 것을 지킬 수 있다는 것을 이해했다. 내가 비루하면 죄 없는 네가 내 옆에 있다는 이유로 상대방에게 역시 비루하게 보일 수 있다는 것도 알았다. 너를 지키기 위해서는 더욱 강해져야 한다는 것을 알았다. 돈을 벌어야 한다는 것을 알았다.

모두 네 덕분이다. 껍질을 벗고 동굴 너머 햇빛을 보게 된 것이 다 네 덕분이다. 나도 조금 사랑받을 자격이 있다고 하는, 내 마음에서 조금은 나를 인정할 수 있는 부분을 가르쳐 줘서 고맙다.

답은 알지만

한참을 뛰었다.
웃옷이 바지 밖으로 나오고
흘러내리는 안경이 코끝에 걸린 채로
땀이 머리카락 끝에 걸릴 만큼
뛰었다.
심장이 터질 때까지
골목을 지나
지나가는 행인들을 지나
정류장을 지나고
편의점을 지나
얼마나 뛰었는지
어떻게 나한테 그럴 수 있지?
개 같은 X.
내가 그렇게 잘해줬는데
땀은 온몸을 채우고
눈물도 심장을 채우고

오랜만에 데이트로 새 옷도 샀는데

소매 끝으로 찐득한 것을 훔치며

숨을 고른다.

병신 새끼! 근데 느낌이 오긴 했잖아.

내 마음이 준비가 안 돼서

예감이 틀리겠거니 했지.

잘 안 맞는 편이니깐.

심장 소리 잦아지니

꺼억 꺼억 마른 울음이 세어 나온다

핸드폰을 꺼내어

그러니깐 다시 한 번 생각해 볼 수는 없는 거냐고…

못하는 술을 먹고 계속 버티고 있다. 하루하루 머리가 깨질 것 같다. 이제 책장을 덮고 현실로 돌아와야 한다. 숱하게 그녀와 헤어졌던 순간을 반복하고, 그 끝을 바꿀 수 있기를 희망했다. 후회, 또 후회. 어디까지가 가짜이고, 어디까지가 진실인지……. 내가 만든 이야기가 나를 깊게 삼켰다.

미지근한 물을 들이켰다. 이제 책장을 덮고 현실로 돌아와야만 한다. 내가 만든 픽션(fiction)이 아닌, 현실 세계와 마주 선 나를 찾아야 한다. 강의실에 들어가야 하고, 어머니에게 전화도 해야 하며, 학점 관리도 해야 한다.

그녀가 구원이라고 생각했다. 그녀 덕분에 하루가 즐거웠다. 평상시와 같은 시간에 눈을 떠서 세수를 하고, 아침을 먹고, 옷을 챙겨 입고 역으로 향했다. 그리고 학교에 도착했다. 평소와 다를 것 없는 지극히 평범한 하루를 계속했다. 오늘 하루를 어제 하루와 구별하기가 쉽지 않았다. 그녀가 그런 내 인생에 색깔을 입혔다.

그녀 덕분에 생긴 변화가 있다. 전철을 타면 아주 자연스럽게 주위 승객들을 둘러보게 되었다. 그들의 색깔을 생각했다. 이 사람들

모두가 각자 뜨거운 사랑의 이야기를 품고 있겠지, 저기 핸드폰만 뚫어지게 쳐다보는 녀석도 마음속에는 특별한 이야기를 가지고 있을 거야, 우린 떨어져 앉았지만, 각자의 삶에서 열심히 살고 있어, 동질감을 느꼈다. 모두가 색깔을 가지고 있었다.

이제 그녀가 가버렸다. 결코 되돌릴 수 없을 것이다. 한 번 앞으로 나가고 나면 아무리 노력해도 제자리로 돌아갈 수 없다. 뭔가가 조금이라도 뒤틀렸다면, 그건 뒤틀린 채로 그 자리에 굳어버린다. 그녀는 내게 그렇게 굳어버렸다. 다시 나는 색깔을 잃고, 내가 보는 세상도 색깔을 잃었다.

냉장고 소리

냉장고 소리가 윙윙거린다.
신기한 일이다.
낮 동안에는 전혀 들리지 않았던
그 소리가 밤에는
선명해진다.

다시금 아침을 기다리는
나에게 조용한
자장가 같다.
그녀와 싸우고 나면
어김없이
불면이다.

밤새 냉장고 소리가 들린다.
어서 자라고
지겹게 윙윙

불안해

함께 있다가
그녀와의 사이에 침묵이 흐르면
이내 불안해진다.
무슨 생각을 하고 있을까?
내가 별로인가?
지겨워졌나?

침묵 속에서도 서로가 편안할 수 있으려면
서로를 더 알아야 되겠지.
얼마만큼 시간이 더 흘러야
언제쯤 내가 덜 불안할까?
그녀를 앞에 두고
불안한 건 싫은데.
내가 별론가?
진짜 내가 별론가?

딱 그때까지만 가지고 있으렵니다

그랬나요.

오해일까요?

그동안의 시간들

내게 보여주었던 따뜻함

근데 어쩌죠.

물리기도 그런데

그냥 계속 가지고 있으렵니다.

아무에게나 주기는 아깝고

나름 소중한 마음인데

아실지는 모르겠지만

굉장히 오랜만에 꺼낸 마음입니다.

그렇네요.

생각해보면 당연한 것인데

뭘 그리 심각했는지

제가 생각해도 우습네요.

한동안은 가지고 있겠습니다.

마음이라는 것이

마음대로 되는 것도 아니고

며칠을 끙끙 가지고 있다가

제풀에 지치게 되면

서랍 속 어제 쓰다만 편지처럼

얼굴이 화끈

왜 그랬나 싶을

딱 그때까지만

가지고 있으렵니다.

그러길 바랐다

그러길 바랐다.
가끔 내 생각하며
아니, 가끔 보다 자주 내 생각을 하며
문득문득 전화기에 손을 올려주길 바랐다.

자주 내가 하는 모습
내가 하는 생각을
내가 그리워하는 것을
너도 그랬으면

누군가가 떠오르면
그 사람도 당신을 그리워한다고 하는데
내 모든 바람이 터무니없을지라도

너도 그러하기를
너도 가끔 나처럼

아니, 가끔 보다 자주 내 생각을 하며
잠시 손을 놓고 있었으면

잠시 손을 놓고
나를 그리워하기를

나는 당신 편

나는 당신 편
온 마음 다해
당신을 지지하는
전생에
약속된 것처럼
항상
당신에게
당신에게만
유일한 사람 되고 싶은
오래 기다릴 줄 아는
나는 당신 편

내 인생의 도피처이자
내 인생의 종착점
당신으로 향하는 길
구불구불

즐겁게 가는
불면과 달콤함이
내 심장 속에 그 얼굴 묻는
당신

색깔이 보이네요

휴강이 되어서 강의실 밖으로 나왔다. 친구가 두고 간 담배를 꺼냈다. '담배의 가장 큰 장점이 뭔지 아니? 아무도 모르게 한숨을 깊이 내쉴 수 있는 거야.' 친구의 썰을 떠올리며, 셀로판 포장을 뜯고 하나를 물었다. 그 동안 담배를 피우지 않았던 탓에 불을 붙일까 말까 망설였다. 일단 입에 물고 생각해 보기로 했다.

그러고 보니, 이 길을 참 많이도 다녔다. 시간이 나면(나는 거의 시간이 늘 있었지만) 그녀와 캠퍼스 주변을 느긋하게 산책하는 것을 좋아했다. 매달 달라지는 학우들의 미묘한 옷의 변화들, 그 유행의 흐름을 보는 것이 즐거웠다. 때맞춰서 없는 돈을 쪼개어 같이 쇼핑도 하고… 천천히 걷는 동안 몸이 길에 익숙해지기 시작했다. 불과 몇 분 느꼈던, 어찌할 바를 몰랐던 초조함도 어느 정도 옅어졌다.

두 달쯤 된 것 같다. 내 옆에 더 이상 그녀는 없다. 늘 붙어 다니던 그녀가 없다. 그녀와 헤어진 뒤 캠퍼스 전체가 짙은 잿빛으로 흐려졌었다. 함께 지냈던 교정에는 어디를 가도 그녀의 흔적이 남겨져 있기에 밖으로 나갈 수가 없었다. 무조건 장학금을 받고자 했던 마음이 흐트러져, 학점은 적당히 욕을 먹지 않을 만큼 유지하려 했고, 수업 출석은 최소한으로 했다. 커튼을 치고 방에 누워있는 하루가 대부분이었다.

어느 날 늦은 오후에 눈을 떴더니, 모니터 옆에 두었던 선인장에 꽃이 피어 있었다. 선인장이 꽃을 피우는 걸 처음 알았다. 작은 창문으로 비치는 햇빛에 빨간 꽃이 선명했다. 물은 거의 주지 않았는데…… 한 달에 한 번? 500미리 생수를 마시다가 남은 물을 주기도 하고, 친구들이 먹고 남은 소주를 부은 적도 있고, 솔직히 죽는지 안 죽는지 궁금하기도 했고… 그랬던 선인장이 꽃을 피웠다.

빨갛게.

그때부터였다. 선인장을 시작으로 화면이 조금씩 넓어지면서 주변 세계의 색깔이 눈에 보이기 시작했다. 카메라가 뒤로 물러나 전체를 조망하면서 주변 사물에 색깔이 입혀지기 시작했다. 침대, 옷장, 책상…… 내 눈이 점점 적응하기 시작했다. 잿빛에서 주변의 색깔이 보이기 시작했다. 세상이 움직이기 시작했다.

보이는 옷을 아무거나 주워 입었다. 일단 강의실까지 움직여 보기로 마음먹었다. 입고 보니 모두 그녀가 골라 줬던 옷이다. 뭔가 울컥하기도 하고, 한편으로 시원하기도 했다. 아름다운 햇살과 노랗게 변한 교정을 바라보면서 걷다 보면, 그동안 괴로웠던 마음이, 피로감이 조금씩 정리될 것 같다. 선인장 꽃 색깔이 보였던 것처럼, 여 학우들의 옷차림이 눈에 보이기 시작하면 점점 좋아질 것이다.

너 말이야

그 혹독한 어린 시절을 어떻게 넘겼어?
이렇게 예쁘고 연약한데
살면서 힘든 일은
당연히 겪었을 테고
나는 상상이 안 가
어떻게 이만큼
이렇게 예쁘게 컸지?

너에게는 햇살을 넉넉히 받은
사랑받고 있는
행복하고 따뜻한 향기가 나
그 좋은 향기를
평생 맡고 싶은데
욕심일까?

왠지 가엽기도…

부모에게서 그렇게나 큰 사랑을

받았는데

하필

나를 사랑하다니.

어딜 보나요?

저기 저 커플들

모처럼 식당에 와서

서로를 보지 않고 있네요.

눈빛이 공허합니다.

자신도 모르게 멀리까지 와 버린

원래 자리로 돌아가고도 싶기도 하지만

이미 너무 멀리

다른 궤도로 돌고 있습니다.

입으로는 함께 음식을 먹지만

함께하지 않습니다.

둘 사이에 시간이 흐릅니다.

10, 9, 8, 7 ……

해피 투게더(왕가위 영화)

헤어지고 난 뒤 그가 분명히 보인다.
눈앞에 있을 때는 제대로 보지 못했다.

숱하게 쏟아낸 말
듣는 자는 없었고
녹음기에는 구슬픈 울음만

한 스님의 말씀이 떠올랐다.
우리는 눈을 뜨고 있어도
깨어 있는 게 아니다.

기억저편에 다른 세계를 만들고
그 사람을 계속 기억하며
그에게서 잊히기를
두려워한다.

빨리 늙고 싶다

11월. 자취방 창문을 열었다. 공기는 눈이 내릴 만큼 차갑고, 젖은 빨래처럼 흐리다. 색감이 서로 다른 회색에 짙은 물감을 덧칠한 것처럼, 하늘은 무심하게 교회 첨탑 너머로 펼쳐져 있다.

왠지 모르게 마음이 무거워져, 잠을 못 이루고 책을 펼쳤다. 나를 에워싸고 있었던 불안과 고독을, 그 끔찍한 무게를 견디고 있다. 모두가 집으로 돌아간 금요일 밤이 특히나 괴롭다.

'어서 빨리 나이가 들었으면……'

프린트로 인쇄한 70세의 헤르만 헤세의 얼굴을 본다. 빨리 늙고 싶다. 늙고 싶다.

설명할 수 없는 거대한 어떤 것에 직면할 듯하던 존재의 의미에 대해 고민하며, 마음은 미처 다 받아들이지 못하고, 무슨 수를 써서라도 도망치려 했던 나.

'그들은 힘든 세월을 다 넘겼잖아.'

무엇 하나 정해진 것이 없고, 내가 지금 맞는 방향으로 가고 있는 건지 끊임없이 고민하며 잡히지 않는 먼 곳을 향해서 발버둥치던 그때,

늙음이 몸서리치게 부러웠다.

4부

너는 이 글을 읽지 않겠지

통장에 돈이 무심하게

발만 담갔다가 사라지는 것을 보면,

다음 달의 나에게 미안해집니다.

패션 흑역사

"너 대학생 때 보라색으로 머리 기르고 다녔잖아."

"파마도 했었지. 이빨에 교정기 끼고."

"으악!! 말하지 마. 너도 만만치 않아. 가죽 팬츠에 가슴 털을 세끼손가락 만큼 기르고 다녔잖아"

"헉! 이제 그만, 그만"

녀석과 나는 술집에서 서로의 대학패션 흑역사에 대해서 이야기했었다. 없는 돈을 쪼개어서 멋들어지게 입었었다고 생각했는데 그때 사진을 보면 민망해서 3초 이상 쳐다 볼 수가 없다.

자유분방한 웨이브 컬로 나의 개성을 한껏 드러냈다, 면 좋았겠지만 칙칙한 피부와 양쪽 볼은 홀쭉하고, 머리는 개털처럼 아무렇게나 거칠게 솟아있으며, 옷과 신발이 따로 놀았다.

동대문에서 산 가죽 팬츠에 가슴에 털을 세끼 손가락만큼 길러서 목욕탕에서 '이것 봐' 자랑하던 녀석은 드레스셔츠에 정장을 입고, 회사 출입증을 가슴 주머니에 넣은 채로 앉아있다. 지금도 털을 기르는지는 굳이 묻지 않았지만.

대학교 때 이야기를 하다 보니, 불안하다. 그녀가 옛날 내 사진을 아직 가지고 있을까봐. 옛날 내 사진을 보고 '왜… 하필… 이런 원숭이랑 사귀었지?'라고 머리를 쥐어뜯는 일이 생기지 않길 바랄 뿐. 그녀가 내 예쁜 마음만 기억해 주길 바랄 뿐이다. 부디, 제발.

인스타그램 '좋아요'를 누른다

"주말이다. 오랜만에 그녀와 식사"

:식사 접시 뒤로 살짝 보이는 벤츠 키홀더

"생일 선물 고마워! 잘 쓸게!"

:불가리 반지와 옆에 놓인 꽃다발 

"오늘 나에게 주는 선물!"

:삼색 줄이 보이는 톰브라운 니트를 입고, 거울샷

자연스러운 듯, 노력한 그들의 일상

자신에 대한 평가를 개의치 않고 일상을 담아내는

속으로는 배알이 꼴리다가도 빛나는 순수한 물욕에

'좋아요'를 눌러준다

버스에서

내 어깨에 잠든 너에게
몇 번을 망설이다가
이제 내려야 되는데
조금 더 재울까
깨우려 손을 들었다가 놓았다가
꼭 장학금을 타야 된다며
시험이 하루에 몇 개나 겹쳤다고
안쓰러워 대신 쳐 줄 수도 없고
업고 내릴까 고민도 하고
몇 정거장 더 가서 내려야지
며칠 못 봤는데
이참에 좀 더 같이 있고 싶은
흔들리는 버스 안에서
쌔근쌔근 잠든 너를 보며
이런 내 마음
너는 아는지

집이 위험하네요

'밖에 나가 엄한데 돈 쓰지 말고, 차라리 집에 있어라' 는 이야기를 들었거든요, 근데, 최근에는 분명 집에만 있는데 문 앞에 박스가 한다 둘 쌓이면서 통장에 있던 돈이 줄어듭니다. 요즘 만나는 사람이 없어서 돈 쓸 일이 없을 거라고 생각했는데. 그 빈자리를 택배가 대신해 줍니다. 초인종을 울릴 때 마다 가슴 뛰는 설렘.

데이트도 안하고(못하죠) 그저 집에 있어도, 교통사고, 코로나에 안전한 집에 있는데, 통장에 돈이 무심하게 발만 담갔다가 사라지는 것을 보면, 다음 달의 나에게 미안해집니다. 모니터 말고, 하늘이라도 쳐다보는, 확실히 집 밖이 더 안전하다는 생각이 드네요.

혼자만 슬픈 겨울

크리스마스 캐롤이 울린다
예쁘게 장식한 트리가 슬프게 보인다

나 혼자만 슬픈 겨울

이 겨울이 찾아 온 건
나만이 아닌데

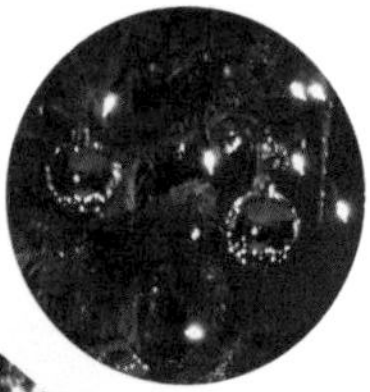

시작한 것은 끝낼 때가 온다

예전에 사진을 보면 시간이 흐르면서 미묘하게 변화는 그녀와의 관계가 보인다. 째깍째깍 흐르는 시간에 관계가 희미해지는 과정이 사진을 넘길 때 마다 드러난다.

닮은 점에 서로 안도하는 사람들이 있고, 다른 점에 끌리는 사람도 있을 것이다. 그녀와 난 다르기 때문에 사랑을 했고, 다르기 때문에 또 헤어졌다.

시작한 것은 반드시 끝낼 때가 온다. 그녀와 함께 생생하게 살아있었던 시간도 끝낼 때가 왔다. 끝난 뒤에 서로에게 무언가가 남는 경우도 있겠지만, 안타깝게도 그녀와는 접점이 없었다.

그 이후로 누군가를 쉽게 만나지 못했다. 새로운 누군가를 만나는 것에 두려움을 느꼈다. 그러나 알고는 있지. 난 누군가를 잃는 게 두렵다고.

이 순간

나란히 앉아서
마음이 하나로 뛰는
이 순간
다른 것들은 중요하지 않아
달빛이 스며들어 희미하게 빛나고
옆에 있어도
서로를 생각하면서
무게를 느낀다
가야 할 길은 멀고
알 수 없는 곳에
시간은 우리를 차갑게
기다리고 있지만
손잡고
걸어가는
이 이상할 만큼 특별하고,
찾기 어려운 마음

이번 생애 또 한 번

만날 수 있을까.

M.T

밖에는 무성한 초록 위로 부슬부슬 내리는 비. 나이와 입장과 환경을 단숨에 뛰어넘어 모두 이곳에서 모였다. 소주와 맥주를 마시고, 포테이토칩을 먹고, 수육도 삶아 왔고. 고민거리도 많고, 앞으로의 인생에 여러 가지 일들이 많이 있겠지.

건설대, 문과대, 상경대, 예술대.

미래는 아직 알 수 없다 한 없이 펼쳐져 있다. 그런 기분.

맑은 잔속에서 웃는다.

생각

흐트러진 머리카락을 올린다

멍하니 창밖을 보면

차갑게 나를 내려다보는 달

거미줄이 혀끝에 낀 것처럼

아무 말도 할 수 없고

이후 시간은 오직

견디는 시간

너에게 가는 길

너를 좋아해, '나만큼 너를 좋아하는 사람은 없어'

너라는 세계에 나만의 길을 걸어가고 있어. 말만 그럴싸하게 하는 것이 아니라, 정말로 나만의 길을 만들면서 다가간다고. 거기에는 나만 볼 수 있는 무언가가 있고, 나만 아는 미미한 좌절이 있으며, 기쁨도 있지. 너 때문에 결석한 수업을 생각하면 부모님에게 미안하기도 하지만, 그럴만한 가치가 있다고 생각해. 남들은 모르는 너만이 가진 미묘한 언어를 알고 그 농담에 그 타이밍에 함께 웃고 즐길 수 있는 조촐한 기쁨을 느끼고 있어.

'넌 나를 전부 봐 주고 있는 듯한 기분이 들어'

네가 이야기 해줬을 때 가슴이 얼마나 뛰었는지. 처음으로 스스로를 자랑스럽게 생각했어. 나에게 딱 맞는 역할 속에서 나아 갈 수 있다는 것. 자연스럽게 있을 수 있다는 것. 그 안에서 홀로, 늦은 걸음이지만, 부족하지만 시간을 허투루 쓰지 않는 듯한 실감.

누가 뭐라고 하든, 이 세상에서 너에게 이렇게 할 수 있는 것은

오직 '나' 뿐이라고.

한심한 인간

달라졌을 것이라고 생각하니?

다를 수 있을 것이라고 생각하니?

그냥 그렇게 되기로 정해진 거야

너랑 나랑 특별하다고 생각해?

그것 때문에 헤어졌다고 생각해?

인정할 것 인정해.

너랑 나는 퍽이나 한심한 인간이라고

봄 날 벚꽃아래

풀어진 신발 끈을 묶고 있는 나를 보는 너
벚꽃이 바람에 떨어지고

두근거리는 첫 만남

어쩐지 너도 같은 마음 일 것 같다고

어깨에 닿았던 그 온기가
하루 종일 따뜻했다

카톡 차단

그러니깐 말이야

네 안부 정도는

남을 통하지 않고 전할 수는 없니?

사랑

정작 나는 아무 애도 쓰지 않았는데,

너그럽게 품어주는 느낌

다시 찾은 캠퍼스에서

시간은 이미 바뀌었다. 어디를 가도 그 시절 같은 곳은 없다. 그렇게나 많은 젊음과 살아 있는 것들로 넘치던 장소도 없다. 하지만 1년 안에 전부 바뀐다는 세포 하나하나에는, 오래전에 교체되어 분명 기억하지 못할 텐데도, 조용히 이야기 한다.

'이런 느낌 잘 알지, 그지?'

알고는 있다. 같은 장소에 가서 같은 시대에 같은 사람과 같은 냄새를 맡지 않고는 절대 되살아나지 않는다는 것.

그래도 그 곳에서는 그 시절에 캠퍼스를 거닐던 그리운 젊음이 있다.

숨을 쉬면 공기가 꽉 찬 느낌. 건강한 공기. 파릇파릇한.

그는 알까

그가 있는 그 자리가

그녀와 함께 하는 아침이

누군가의 가장 큰 기적이라는 것을

마흔 살이 되면

나중에 마흔 살이 되면 스무 살의 내가 마음에 들어 하는 어른이 되었으면 좋겠어.

저기, 뭐, 그것, 좀 곤란한 것

편의점에 알바를 해보면 알 수 있다. 편의점 점원은 손님이 콘돔을 사든, 여성 세정제를 사든, 치실을 사든 정말로 아무런 관심이 없다. 근데, 그렇게 알바를 해봤음에도 불구하고, 편의점에서 물건을 고를 때는 은근히 신경 쓰게 된다. 눈알 젤리, 장난감이 붙어 있는 과자나, 저기, 뭐, 그것, 좀 곤란한 것을 살 때는 신경이 쓰인다. 앞에 손님들의 결재가 밀려 있을 때는 물건을 들고 있는 내 모습이, 그러니깐 괜한 호주머니에 넣으면 오해를 살 수도 있고, 쭈뼛쭈뼛 기다리다가 당황하여 그냥 물건을 제 자리에 두고 밖으로 나갈 때도 많았다. 나이가 들면 부끄러움이 줄어 들 줄 알았는데, 별로 효과가 없는 것 같다. 졸업하고 몇 년이 지나도, 와이셔츠에 서류가방을 들고 있어도, 난 또 저기, 뭐, 그것, 좀 곤란한 것을 계산하지 못하고 뛰쳐나왔다. 야한 것을 볼 때는 표정하나 안 바뀌고 여유만만 끝까지 보는데. 큼큼.

추억

한 때 내가 사랑했던 것들이
조용히 몸을 숨기고 있다가
불쑥 찾아온다
시간이 훌쩍 지나
예상치 못한
사소함으로
나의 일부로
중요한 것처럼
오랫동안 머문다
함께 소유했던 많은 것들
오래전 사라졌지만
추억만이 가져갈 수 있는
유일한 것으로
그래
그런 것

Off
HDR Auto
VIDEO
PHOTO
SQUARE

누군가의 과거가 되는 것

나도 그녀의 과거가 된다는 것을 받아들이기까지 몇 년이 걸린 것 같다.

그럴 용기를 키우기 까지 몇 년이 걸린 것 같다.

젊음에는 슬플 시간이 없다

내일이 두근거리는
이 시절을
소중히 여겨라.

가능한 밝은 아이들과 어울려라.
젊음에는 슬플 시간이 없으니.

- 어떤 교수님이 종강 뒤풀이 시간에 하신 말씀

5부

또 안부를 물어봅니다

사회에 나가면

지독하게 노력해야지

겨우 조금 성장하더라.

지금 내 나이가 그래

해가 지는 것을 보니
모든 것이 빨리 지나가는구나.
사실 저 속도로 지구가 돌고 있는 것이지.
어릴 때는 삶이 아주 길 것 같았지.
까마득히 보였는데
터벅터벅 지금까지 걸어왔네.

지금 내 나이가 그래.

나이가 아주 많은 것도 아니고, 어린 것도 아니고.
또 느끼기에 어른 같지도 않고, 청년 같지도 않은
그러나 네 생각을 하면
자연스럽게
다시 그 시절로 돌아가.
그리고 멈추게 돼.

지구가 도는 것처럼 한 바퀴 쓱 돌아서
다시 학생이 된 기분이야.

함께 있으면
누구 욕도 했다가
연예인 이야기도 했다가
공부 이야기를 잠깐 했다가
'내일 만나서 뭐 할까?'로 끝나지.
우리에게는 늘 내일이 있었지.
그래서 해가 지는 것이 무섭지 않았지.

이제는
해가 지는 것이 무섭고
나이 먹는 것도 무섭고
지금 내 나이가
그렇네.

시간이 아깝다는 것은

시간이 아깝다는 것은

그동안 보냈던 시간이 좋았기 때문이지요.

그렇게 좋은 시절을 함께 보냈습니다.

우리

청춘 잘 지내고 있나요?

나만 보는 맞춤형 영화

내 말은 누군가가 너를 바라볼 때 그 사람의 눈을 잘 보라고. 그들은 진짜로 너를 보고 있는 것이 아니야. 그냥 힐끔 살필 뿐이지. 자기 말을 잘 듣고는 있는지, 집중하고 있는지 등을 확인하는 거야. 하지만 그들이 뭔가 중요한 것을 이야기할 때 눈을 보면, 마치 화면을 올려다보고 있는 것 같아. 영화를 보는 것처럼 자기 머릿속에 있는 화면을 먼저 보지. 그 화면 위로 온갖 이미지와 목소리들이 끊임없이 흘러가니까. 그래서 사람들은 듣는 것보다 말하는 것을 좋아해. 자기 머릿속의 화면은 자기에게만 딱 맞춰진 맞춤형 영화이거든. 그러니 우리는 각자 영화를 보면서 귀를 닫고 입만 움직이지. 상대가 듣는 것 보다 일단 내 머릿속의 이야기를 말하는 것이 중요한 거야. 이봐, 내 말 듣고 있어?

내가 볼 때 결혼식을 올리는 데는 이유가 있는 것 같아. 둘이 좋아서 혼인 신고만 해도 되는데, 이렇게 유난을 떠는 것은 상대가 이게 아닌데 싶어서 변심했을 경우, 이러면 곤란해, 이제 와서 없던 일로 하기엔 늦었단 말이야, 꾸짖을 수 있거든.

우리가 이렇게 시끄럽게 야단법석을 떨었던 이유를 생각해봐, '가족, 친지, 친구들, 주변 사람들도 끌어들이고 돈도 썼으니 물릴 수 없어.'라고 상대를 속박하는 거지. 이야, 생각 할수록 끔찍하군. 지금까지 들인 공을 상기시키며 변심한 상대를 비난할 수도 있지. 상대도 그런 비난을 감당할 수 없기 때문에 웬만한 강심장이 아니면 일단 가는 거고…… 그렇게 살다 보면 또 결혼식 사진 한 장 남으면서 '어쩌다 보니 이렇게 되었네.', '이럴 운명이었네.' 하며 체념할 수도 있는 것 같아. 아이까지 생기면 진짜 물릴 수 없는 건 너도 알고 나도 알고 있는 부분이고.

사실 온전한 정신으로 이치를 다 따지면서 결혼으로 골인하는 경우가 과연 있을까 싶다. 일단 진행하는 거야. 새는 날아가면서 뒤를 돌아보지 않는다고 하잖아. 고개를 꺾고 뒤돌아보는 새는 이미 죽은 새라고. 죽기 싫으면 주욱 가는 거지.

최선을 다했는지는 잘 모르겠지만

아침에 눈을 뜨면서 전화기를 만지작거렸다.
어제의 일이 영원처럼 느껴진다.
누가 먼저 이야기를 꺼냈는지
기억나지는 않지만
그녀의 손가락에 내가 준 반지가
아직 있었던 것은
기억이 난다.

헤어지자.

그녀가 마지막 사랑이 될지는
잘 모르겠다.
그 정도로 최선을 다했는지도
내 마음이 깊었는지도
솔직히 모르겠다.

다만 이제 그녀를 볼 수 없고
잊으려면 시간이 필요할 것이고.
허전하면서
뭔가 큰 실수를 한 것 같은 느낌이 들었다.
이별은 일찍이 예감했었고
연락이 뜸했으며
마감 시간을 재고 있었다.
그리고 우린 헤어졌다.

잘 가.

행복하게 잘 살았으면 좋겠다.
이대로 그녀가 나를 잊게 될 거라 생각하니
마음에 구멍이 난 것처럼
시리다.
막상 헤어졌다 생각하니
그동안 못해 준 것만 계속 생각나네.

딱 하루만 더 생각하고

잊어야지

괴로울 때마다 시간은

언제나 그렇듯

내 편이 되 줄 것이다.

이유가 있어서 왔잖아

넌 내게 특별해. 넌 매일 내게 흔적을 남겨. 늘 적절한 시기에 내 앞에 나타나 나를 일깨우기도 하고, 이것이 진리인지는 모르겠는데, 음… 있잖아, 넌 뭔가 이유가 있어서 내 앞에 나타난 것 같아. 정말로 신이 내게 너를 보낸 것일 수도 있어. 그러니깐 있잖아, 제발 가지 마. 이제 역할이 끝났다고, 할 일이 없다고 다시 가버리지 않으면 좋겠어. 나타나 줘서 너무 고맙긴 한데, 제발 네가 나의 마지막이었으면 좋겠어. 정말.

크면 다 되는 줄

크면 다 되는 줄 알았다.

나이 들면 다 되어 있는 줄 알았다.

집도 생기고

차도 생기고

학년이 올라가는 것처럼

군대 계급장처럼

자연스럽게 올라가는 줄 알았다.

그러나 아니더라.

사회에 나가면

지독하게 노력해야지

겨우 조금 성장하더라.

지겹도록 노력해야지

눈물 찔끔 흘려야지

남에게 보일만 한 것 하나 생기더라.

조심스럽다

스무 살 때는 세상에 불만을 내보이고 싶었다. 날이 서 있었다.

그러다가 어느 순간 '나나 잘하자.'라는 신조가 생겼다.

꼰대라고 놀렸던 사람들의 모습이 언제부터 내 안에 발견되면서 말을 삼키게 되었다.

근데

예전으로 돌아갈 수 있을까?

지금이 좋은 모습인지는 잘 모르겠다.

소중한 것이 많이 생겨서

지켜야 할 것이 많아서

싸우는 것이

욕하는 것이

조심스럽다.

몸을 사리게 된다.

그래, 확실한 취향 하나는 생기죠

나이를 먹어서 좋은 일은 별로 없습니다. 그러나 분명 젊었을 때는 보이지 않았던 것이 보인다거나, 몰랐넌 것을 알게 되기도 합니다. 꽤 큰 즐거움이죠. 좀 더 멀찍이 물러나서 전보다 여유 있게 전체상을 파악할 수 있게 됩니다. 혹은 현미경으로 보는 것처럼 몸을 앞으로 숙이면, 지금까지 보지 못했던 세부적인 것이 눈에 보이기도 합니다. 그게 나이를 먹어가는 기쁨일지도 모르겠습니다. 나이를 먹어가면서 예전보다는 확실히 날카로움이 무뎌지지만, '이건 누가 뭐래도 확실히 알고 있다.'라는 것들이 늘어나면서 흐뭇해지기도 합니다.

취향에 대해서 좋은 것과 나쁜 것을 구분할 수도 있게 됩니다. 다른 사람들의 시선이 아닌, 내 시선으로 판단할 수 있는 범위가 많아집니다. 물론 그것은 나한테 좋은 것, 나한테 나쁜 것이라는 뜻이니 남에게는 크게 쓸모없는, 개인적인 '방구석 기준'에 불과할 뿐이지만, '나의' 인생을 즐기는데 제법 큰 차이를 만들기도 하죠.

내가 좋아하는 음악, 내가 좋아하는 브랜드, 내가 좋아하는 영화, 내가 좋아하는 작가. 일하고 남은 시간. 가뜩이나 귀한 시간을 쪼

개면서 이것들을 즐깁니다. 커피 한잔 옆에 두고 '내게 좋은 것'을 즐기고 있으면, 내일도 얼굴 봐야 되는 보기 싫은 상사의 얼굴이 사라지면서 '살아 있어서 좋다.'는 것을 실감하기도 하네요.

요즘 내 다이어리에는

눈을 뜨니 20대가 지나가고 없었습니다. 넥타이를 헐겁게 매고, 취업을 하고, 정말 열심히 나이를 먹는 것 말고는 하는 게 없는 내가 보이네요.

20대의 일기장에는 사건들이 가득했거든요. 주로 원망이 많긴 했지만. 그래도 읽으면 '그때는 참 뜨겁게 생생하게 살았구나.' 하는 생각이 듭니다. 그러나 요즘 일기장에는 기상, 회사, 점심, 잠. 계속 반복되는 완전히 푹 식어서 따분한 것들만 채워진, 말 그대로 일지네요. 도무지 읽어 볼 만하지도 않고, 또 읽고 싶지도 않은 내용입니다.

그러니깐 스무 살 이후 죽고 싶다고 어느 연예인이 이야기했지요. 지미 핸드릭스도, 제니스 조플린도 20대에 요절했으니, 더 사는 것이 어떤 의미일까요? 살면서 천천히 생각해봐야겠습니다.

답답한 어린아이

내 안에 살고 있는 어린아이는요
아직도 새로운 환경에 적응하지 못해
외롭다며 무릎을 껴안고
웅크리고 있네요.
이것도 그녀랑 다르고
저것도 그녀랑 달라서
그녀가 정답인 양
이것도 맞아야 되고
저것도 맞아야 되고

이제는 마음을 열어야 되는데
도무지 마음을 열 생각을 안 합니다.
그런 미적거림 때문에
상대를 외롭게 만들고 있다는걸
모릅니다.
혼자만 피해자인 척

자기도

이것도 저것도 안 맞추면서

이기적이고 못되게 구는

근데 그럴 수밖에 없다고 징징거리는

참으로

답답하기 그지없는 녀석입니다.

혼자 방에 있는 것을 좋아했다. 그것이 타고난 내 성격이었다.

아버지는 그런 나를 못마땅해하셨다. 한번은 친척들이 모두 모여 있는 시간에 방에서 책을 읽고 있던 나를 끌고 나가서 그들 앞에 던지셨다. 셔츠의 목 부분이 주욱 늘어났다. 벌거벗겨진 느낌이었다. 무슨 말을 해야 할지 몰랐고, 웃고 있었지만 속으로는 울고 있었다. 친척들은 분위기를 바꾸려고 어색하게 몇 마디를 던졌지만, 난처한 것은 그들도 매한가지였다. 나는 안타깝게도 집이라는 공간에서, 가족이라는 울타리 안에서 보호받고 있다는 느낌을 가질 수 없었다. 아버지도, 어머니도, 동생과도 맞지 않았다. 늘 겉돌았다.

생각해보면 학교라는 공간도 정이 가지 않았다. 시험 성적도 그다지 좋지 않았고, 수업이 따분할 때면 거의 책만 읽었다. 무협지, 로맨스, 시집 등 닥치는 대로 읽었다. 선생님들은 대부분 지루했다. 원래 나는 "시키면 시키는 대로 해."라고 하면 "네, 알겠습니다."라고 순순히 받아들이는 성격이 못되었다. 미련할 정도로 반발

심이 컸었다. 좀 시키는 대로 움직이면 편할 법도 하지만, 덩치가 커질수록 버티는 힘이 커지고, 내가 하고 싶은 일에만 집중했다. 어른들 중에 내가 존경할 만한 분들은 손에 꼽을 정도였고(분명히 있긴 했지만), 안타깝게도 자주 뵙지 못했다.

왜 그렇게 모든 게 힘들었는지. 집은 감옥 같았고, 학교도 감옥 같았다. 학교 선생님, 부모님, 그들의 폭력에 나는 맷집이 점점 좋아짐을 느꼈다. 그나마 반에 몇몇 친한 친구와 예쁜 여학생이 있었던 이유로 중·고등학교를 무사히 다녔고, 만약 그런 존재가 없었다면 학교 따위는 정말로 꽤 쉽게 그만둘 수도 있었다. 그래도 가출은 선택지에 없었다. 그 나이에 할 수 있는 일이 많지 않다고 생각했다. 잘 찾아보면 있을 수도 있었겠지만 '지금은 하는 수 없지', 하고 기본적으로 생각하고 있었다.

이따금 학창시절의 꿈을 꾼다. 아는 것이 하나도 없는 시험지를 붙들고, 무시무시한 선생님들 사이에서 식은땀을 흘리며 "내 인생 끝났어,"라고 중얼거리는 내가 보인다. 도살장에 끌려가는 소처럼, 아버지에게 끌려서 친척들에게 무력하게 던져진 나를 보고 있다. 일그러진 웃음에 도망갈 곳을 찾아 두리번거리는 내가 보인다. 어찌저찌 잘 버텨서 지금의 나이에 이르게 되었고, 또 지금 와 생각해보면 먼 옛날 일이고, '뭐 그깟 학교시험, 망치면 어때. 그리고 부모님이 늘 폭력적인 것은 아니잖아. 애처럼 굴지 말고,' 하는 생각도 들긴 하지만, 꿈속에서는 '딱 죽고 싶다.'라는 느낌이 들어 매번 심각하게 고민을 한다. 나이가 들어도 이런 꿈은 잊을 만하면 한 번씩 불쑥불쑥 꾸게 된다. 그 고통스러운 기분은 눈을 뜨고도 한동안 멍하게 만든다.

출구가 없어 보였다. 그러나 그런 출구가 없어 보이고 답답해하던 답 없는 녀석도 나이를 먹고 어른이 된다. 그렇게 어른처럼 보이고 있다.

나 이제 결혼해

아메리카노 주세요.
너 그대로네?
너도 한결같다.
잘 지내지? 나도 너는?
나 결혼해.
아…… 축하해.

무슨 말이 오고 갔는지
기억이 나지 않는다.
결혼하는 상대가 누군지,
요즘 어디에서 지내는지,
묻지 못했다.

그녀가 하는 질문에 겨우 답하면서
이제 가봐야겠다고 하면서 그녀가 일어날 때까지
주머니에 있는 담배만 만지작거린다.

그녀의 손에 있는 낯선 반지가 어색하다.

잘 지내지? 나도 너는?

이제 못 보는 거 알지? 나도 너는?

희극은 일찍 끝나고

영국 시인 바이런은 모든 비극은 죽음으로 끝나고, 모든 희극은 결혼으로 막을 내린다고 했습니다.

일단 그녀와 함께하는 이 희극이 어서 막을 내렸으면 좋겠습니다, 라고 명언집 구석에 작은 글씨로 써놓았습니다.

책을 버리지 않는 편이라, 나중에 곤란해질 것을 대비하여 이름은 쓰지 않았고요.

차라리 한 번 더 결혼하는 게

과거에는 평균 수명이 약 60세로 가정하고, 30세에 결혼을 해서 30년을 함께 살았다면, 지금은 60세에 결혼을 해도 어쩌면 60년을 같이 살아야 한다. 결혼과 출산에 대한 의식이 바뀔 수밖에 없다. 누군가에게 이야기했더니 '나중에 한 번 더 결혼하는 것이 합리적이네.' 하더라.

태수가 내게 다가왔다. 시내를 지나가다가 만났다. 동료와 술을 마시고 2차로 다른 술집을 찾다가 우연히 나를 만나게 되었다. 태수는 고등학교 시절 성적도 우수했고, 운동도 잘하던 친구였다. 반장도 했던 것으로 기억한다. 구청 공무원처럼 생겼지만, 주변 아이들을 잘 챙기고 잘난 척하는 구석이 없었다. 다른 학교와 미팅할 때 데려가도 상대에게 싫은 소리를 듣지 않을 정도의 아이였다.

지금은 꽤 변해 있었다. 녀석이 말을 걸지 않았으면 못 알아볼 뻔했다. 턱은 이중 턱이 되어 있었고, 뱃살이 벨트 위로 슬며시 걸쳐 있었다. "야! 야! 말도 마. 영업은 진짜 힘들어. 쉬는 날이 없는 것은 차치하더라도 전화 오면 뛰어가야 하고, 시도 때도 없이 지방 출장에, 실적 나쁘면 눈치도 봐야 하고, 실적이 좋으면 또 놀 시간이 없어지고……. 그래서 아이들, 마누라, 늘 자고 있는 모습만 봐. 정말이지 사람이 할 짓이 아니야."

그래. 그래. 그렇게 다들 그렇게 살아가지.

태수는 말을 이어갔다.

"이봐, 세월이라는 건 말이지, 사람을 다양한 모습으로 바꿔놓는다고."

그래, 그래. 다들 그렇게 변해가지. 네 눈앞에 나도.

"옛날에 너를 아주 많이 좋아했어. 그래서 다시 만나게 되면 실망하고 싶지 않았거든. 이런 자리에 나오기가 좀 조심스럽더라고."

"그래서 지금 내가 많이 별로니?"

그녀는 고개를 저었다.

"음……. 처음에는 딴 사람처럼 보였어. 키도 컸고, 양복을 입고 있고, 얼굴도 각이 잡혀서 힘이 들어간 느낌. 그런데 자세히 들여다보니깐 넌 옛날 그대로네."

"옛날의 나? 어떤 부분이 그렇지?" 난 술잔을 만지작거렸다.

"눈 옆에 주름이라든지. 한 번씩 곁눈질하는 모습이 변하지 않았어."

"난 잘 모르겠는데…"

"있잖아, 난 늘 너를 만나고 싶었었어. 너랑 하고 싶은 이야기가 많았어. 그런데 네가 고등학교에 들어가고 나서 뭐 때문인지 모르겠지만 연락을 끊었잖아. 인정하지? 나는 무척 외로웠어. 너야 틀림없이 새로운 곳에서 새로운 친구들과 어울리느라 나를 다 잊었겠지만."

"남자고등학교에는 새로운 친구 따위는 없지." 나는 웃었다.

"사귀자고 이야기를 꺼낸 적은 없지만, 넌 나한테 늘 가까운, 그러니깐 친구 이상이었어. 사실 두려웠거든. 사귀자고 하면 날 거부할까 봐. 먼저 이야기를 꺼내면 사이가 어색해지고, 관계가 이상해질까 봐 말을 꺼낼 수가 없었어. 너는 또 그때 좋아하는 아이가 있었고……."

그녀는 옆에 있는 맥주를 잔에 따라서 혼자 마셨다.

"너랑 그때 사귀었으면 어땠을까. 나는 이따금 너랑 논술 수업을 함께했을 때가 생각나. 같이 글을 써서 발표하고, 함께 토론하고, 그때가 내 인생에서 가장 행복했던 시절이 아니었을까 싶어."

이런저런 이야기를 나눈 뒤 그녀가 일어섰다. 높은 힐을 신고 있었지만, 그녀의 키는 그리 크지 않았다. 중학교 때는 그녀도 꽤 큰 편이라, 나와 큰 차이가 안 났었는데…… 기분이 이상했다. 갑자기 시간이 어질러진 느낌이다.

택시를 잡기 위해 밖으로 나왔다. 밤공기가 차다.

"고등학교 때 너한테 편지도 했었어. 못 받았어?"

"주소가 없는 편지를 하나 받긴 했는데…"

"응. 그거 내가 쓴 거야."

"이름을 썼으면 답장을 바로 했을 텐데."

나는 그녀에게 고등학교 때 생활에 대해서 간략하게 이야기해 주었다. 친구라고 부를 만한 사람이 없었다는 것과 늘 외로웠다는 것, 몸도 좋지 못했고, 그리고 나도 자주 그녀를 생각했다고. 나도 계속 망설였다고.

"네가 사귀자고 말했으면 사귀었을 텐데."

"그냥 타이밍이 안 맞았던 것 같아. 그때는 쓸데없이 생각이 많았을 때고, 그런 일에는 늘 차질이 생기니깐."

그래 늘 차질이 생기지, 이런 일에는 늘 상 차질이 생기지.

싸우고 나면 세상이 흔들리네

그녀와 싸우고 집으로 돌아왔다. 침대에 걸터앉아 혹시 그녀에게서 온 메시지가 없는지 핸드폰을 만지작거린다. 몸을 움직일 수가 없었다. 아무것도 하지 않고 앉아 있다가, 가만히 있는 시간이 괴로워서 부엌 청소를 하고, 옷을 정리하면서 시간을 보냈다. 너무도 조용하다. 침묵은 어깨를 누르고, 자취방 밖 거리에서는 행인들의 소리가 부자연스럽게 들린다. 그들이 떠드는 소리가 한국어가 아닌 것 같다.

그녀와 또 싸웠다. 별일 아니었다. 이야기하다 보니 감정이 들어가서 언성이 높아지고 싸우게 되었다.

방 정리가 끝나고 의자에 멍 하니 앉아 있었다. 갑자기 모든 것에 힘이 들어간 것처럼, 내 주변이 일그러져 보였다. 아무렇게나 구겨진 종이처럼 똑바로 뭔가를 계속 쳐다 볼 수가 없었다. 내 얼굴도 심하게 구겨졌다. 다시 화가 솟구쳤다. 무슨 일이든 어서 벌어지길 기다렸다. 뭔가가 일어나지 않으면 안 될 것 같은 느낌이다. TV를 켰다가 급하게 껐다. 세상에는 그다지 큰일이 일어난 것 같지가 않아 섭섭한 마음도 들었다.

벗어놓은 옷을 다시 집어 들고 밖으로 나갔다. 어쩌면 헤어질지도 모르겠다. 내가 먼저 전화를 해볼까. 모르겠다. 모르겠다. 머리가 둔중하게 아려왔다. 지금 난 몹시 지쳐있다는 사실을 깨달았다. 친구들은 만날 때마다 농담처럼 매번 언제 그녀와 헤어지냐고 물었다. 그러고 보니 친구들 중에서 가장 긴 연애를 하고 있었다.

골목길 계단에 주저앉아 벽에 기댄 채 눈을 감았다. 내가 할 수 있는 것은 계속 그녀와의 상황을 떠올리며 앞으로의 우리 모습을 생각하는 것. 끝도 없이 비디오 되감기처럼 몇 번이고 몇 번이고 상황을 되풀이하며 떠올리는 것. 어떨 때는 이게 현실보다 더 가깝고 선명하게 느껴지기도 한다. 방에 다시 들어가기 싫고, 아무것도 하기가 싫다.

'지금 나는 여기서 뭐하고 있나?' 지나가는 행인들이 못마땅한 얼굴로 무릎을 스치고 지나간다. 술 먹고 취한 녀석 정도로 생각하는 것 같다. 혼자서 오늘을 견뎌야 하는 것이 괴롭다.

고맙다.

그러니깐 너와 했던 대화

너와 움직였던 거리

너와 함께했던 시간들이

나를 좀 더 괜찮은 사람으로 만들었어.

아무튼 열심히 사랑을 했어.

너와 연애를 통해 배운 걸로

열심히 보낸 그 시간 덕분에

또 멋진 누군가를 만날 수도 있겠지.

금붕어 주제에

금붕어 한 마리를 샀습니다.

커다란 금붕어가 어항 속에서 한들거리고 있습니다.

금붕어 주제에 여유가 있네요.

부럽습니다.

금붕어보다 못한 마음으로

잠시 쉬거나

멍하게 있으면서

쉬이 풀어지지도 못하는

금붕어보다 못한 시간을 보내고 있다는 생각이 듭니다.

하루 중에 빈 시간이 있긴 한데

그 시간에도 겁이 나서 뭔가를 찾게 되는

근데 솔직히 당최 뭘 위해 일을 해야 되는지

정확히는 모르는

그럼에도 불구하고 누가 시키지 않았지만

일단은 애쓰고 보는

그런 인생을 살고 있습니다.

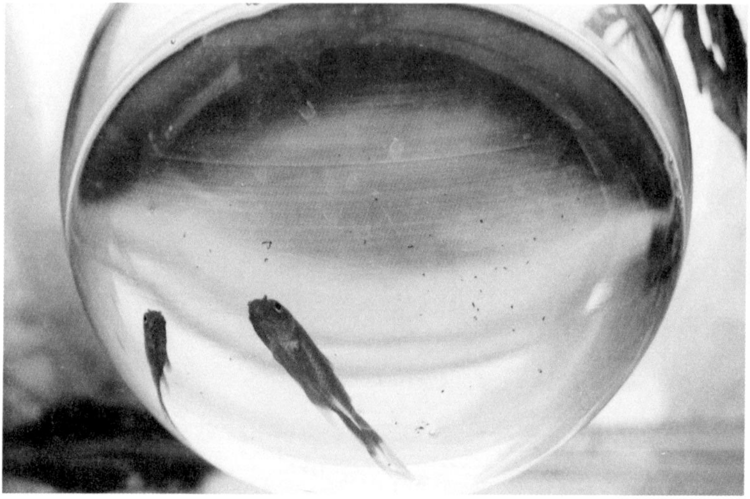

맹물이 필요해

불같이 타오르는 연애
계속 붙어 있고 싶은
근데 같이 붙어 있다가 활활 타버리면
좋아 죽겠다가 진짜로 죽어버릴 수도 있겠다는 생각이 들지 않니?

좋은 연애는 물 같은 연애라고 생각해.
자극적이지 않고, 별로 멋도 없는
그러나 평온하게
식사 때 틀어주는 실내악처럼
부드럽게 주변을 감싸는
소화 잘되는 잔잔한 여운 같이

우리 몸이 필요한 것은
향 없는 맹물이 필요하지
색깔 진한 포도주가 필요한 것이 아니잖아.
매일 마실 수도 없고

우리 연애가 맹물처럼 밍밍해도 좋아.

그러니깐 만남에도 시기가 있죠

우리네 인생에는 여러 시기가 있지요.

좋은 날도 있었고, 나쁜 날도 있었습니다. 요즘은, 그러니깐 지금의 나이에 이르러서 그 같은 날들이 있었음에 감사하게 됩니다. 좋은 사람은 말할 것도 없고, 섭섭했던 기억을 줬던 사람도 각자 인생을 행복하게 살기를 바라고 있습니다. 그리고 앞으로 혹시 만날 수 있기를 희망합니다.

인생이 제멋대로 움직이는 것 같습니다. 기분 내키는 대로 움직이는 것은 아닌지 걱정도 되네요. 그래도 나와 인연을 맺어왔던 사람들이 내 주변 어딘가에, 혹은 멀리 다른 공간에서 열심히 살아주고 있다는 생각이 들면 힘이 납니다.

당연하게 또 볼 수 있을 거라 생각했던 사람들과의 시간도 당연한 것이 아니었습니다. 인생의 아주 짧은 시기에만 연결이 되었습니다. 도서관에서 매일 만나 차를 마시던 선배, 후배, 자취방 근처에서 매일 만날 수 있었던 주변 사람들을 더는 볼 수 없습니다. 문

열고 복도를 두 발짝 지나 두드리면 부스스한 머리로 문을 열어주고 함께 비디오 게임을 했던 친구, 연애 상담 신청하고 없는 고민을 만들어 내며 밤새 시답지 않은 이야기로 술을 마시던 친구도 더는 볼 수 없습니다. 그렇습니다. 계절이 바뀌듯이 한 시기가 지나간 것입니다. 그녀도 지나갔습니다.

또 어떤 만남이 준비되어 있을지 기쁜 마음으로 기다려 보려고 합니다. 머릿속에 계산이 많아져서 쉽지 않겠지만, 기다려 보려고 합니다. 사람의 마음이 비슷해서 저기 다른 하늘에 있는 누군가가 기쁜 마음으로 또 다른 만남을 준비하고 있다는 것도 압니다. 그 만남이 꼭 이성이 아니더라도, 이 나이쯤 되니 그냥 음……사람이 그립습니다. 마음 맞는 사람과 오랫동안 수다를 떨고 싶네요.

오늘도 잘 살았습니다

우리는 한 달 동안 먹은 음식들을 다 기억하지 못합니다.

정말 맛있게 먹은 한두 가지 음식만 기억할 뿐입니다.

삶이 끝날 때 생을 돌이켜 보면

즐거운 일 한두 가지만 기억이 나겠지요,

내 삶에 그녀가 들어온 것은 축복이었습니다.

내 삶에 가장 즐거웠던 일은

그녀를 만난 것이고

그녀와 보냈던 시간이었습니다.

지금껏 그래왔으니깐 앞으로도 크게 바뀔 것 같지 않습니다.

사랑이 아닌 것은 살면서 기억되지 않는다고 합니다.

내 삶에 사랑인 그녀를 기억하며

오늘도

앞으로도 계속

주욱 잘 살 것입니다.